「リゼット……ああ、リゼット……！
君の中に……っ、私を、刻ませてくれ……っ！」
「あ、あ……、ヴィクトール様……あ、ああ……っ」

冷徹皇帝は押しかけ花嫁に夢中です!

〜求婚は蜜愛の始まり〜

香村有沙

Vanilla文庫

Contents

007 プロローグ

014 一章

062 二章

130 三章

161 四章

193 五章

236 エピローグ

248 あとがき

冷徹皇帝は押しかけ花嫁に夢中です

求婚は蜜愛の始まり

イラスト／れの子

プロローグ

――わたしは、二度とあの国には戻らない。


見上げるほど大きな扉の前で、リゼットは決意と共にそう呟《つぶや》いた。

鈍い飴色《あめいろ》の扉を囲むのは、精緻《せいち》な彫刻の施された白い大理石のアーチ。頂点には一対の獅《し》子《し》が刻まれ、扉の前に立つ者をしっかと睨《にら》みつけている。

厳しい表情の兵士が扉の両脇に控え、先導する侍従とリゼットを見つめている。

ここは大陸でもっとも強大なシュヴェルト帝国、その宮殿。

国の威信を示すように豪奢《ごうしゃ》な扉の向こうは、皇帝が座す謁見の間だ。

(この扉の向こうに、皇帝陛下が……わたしの夫になる方がいらっしゃるのね)

ゆっくりと扉が開かれると、侍従は中に入るようリゼットを促す。

玉座へと伸びる深紅の絨毯を一歩、また一歩と歩みを進めながら、リゼットは早鐘を打つ心臓を少しでも鎮めようと深呼吸を繰り返した。

リゼットは今日、皇帝の元に嫁ぐことが決まっている。

正妃ではない。側室としての輿入れである。

強固な軍事力によって周辺国家を従えるシュヴェルト帝国の皇帝は、齢六十を過ぎてなお、為政者としても男としても衰え知らず。従属した国々から、恭順の証として差し出された年若い姫君を宮殿の奥に何人も囲っているのだという。

十八歳のリゼットは今日、その末席に加わるため、宮殿に足を踏み入れた。

普通の姫君であれば嘆き悲しむだろう境遇だが、未だ幼さを残す可憐《かれん》な横顔に悲壮な色は欠片《かけら》もない。凛《りん》と前を見据える菫色《すみれいろ》の瞳が宿すのは、微《かす》かな緊張と——決意。

長く伸ばした銀の髪を結い上げ、微かな光沢を放つ純白のドレスを華奢《きゃしゃ》な体に纏《まと》うその姿は、戦乙女もさながらといった様相を呈していた。

(皇帝陛下の花嫁でもなんでも、なってみせる。それだけしか、方法がないのだから)

顔も知らない相手でも。親子ほど歳が離れていても。政略結婚の相手としていいように扱われたとしても、逆に興味を示されなかったとしても。

すべては、ここから始まるのだ。

玉座の前にたどり着いたリゼットは、侍従の後に続くようにして頭《こうべ》を垂れ、恭順の意を示した。

「クロンヌ王国王女、リゼットと申します。このたびは、皇帝陛下の御許に迎えていただけて、光栄に思います」

ここに来るまでに散々復唱した口上を述べ、リゼットは皇帝の言葉を待った。

だが、返ってくるのは沈黙だけ。

まさか、気づかないうちに機嫌を損ねるようなことをしてしまったのだろうか。

不安のあまり、リゼットがこっそり顔を上げようかと悩み始めた頃、

「……残念だが、皇帝陛下はいらっしゃらない」

返ってきたのは、老境のしわがれた声色ではなく、張りのある男の声だった。

「え……？」

リゼットが顔を上げると、深紅の絨毯の伸びる先、一段高い位置に据えられた玉座に座る人物と視線が合う。

彫りの深い顔立ちの美丈夫だった。歳の頃は二十代半ばだろうか。凛々《りり》しい眉に、切れ長の瞳。薄い唇は真一文字に結ばれ、何の表情も浮かべていない。

後ろに撫《な》でつけられた太陽の煌《きら》めきのような金髪。その体躯は堂々としており、まるで獅子を思わせるかのように逞《たくま》しい。

上質なサファイアのように深い蒼色《あおいろ》の瞳に宿るのは、強い意思の光。何もかもを射抜くようなその迫力に呑《の》まれそうになりながらも、リゼットはどうにか言葉を紡ぐ。

「あなたは……？」

「私はヴィクトール。代理として執務を行っている。この国の第一皇子だ」

戸惑いも露《あら》わに尋ねると、壇上の青年は表情を崩すことなくそう答えた。

「ヴィクトール様……。あの、皇帝陛下はいかがなさったのでしょうか？」

「皇帝陛下は三日前に崩御なされた。近々、国を挙げて葬儀が執り行われる」

リゼットの母国であるクロンヌ王国からシュヴェルト帝国までは馬車で五日。三日前といえば、まだ馬車に揺られている最中だ。折悪しく、崩御を知らせる便りと行き違いになってしまったらしい。

「クロンヌ王国からはるばる足を運ばれてすぐで残念だが、婚姻の話は白紙だ」

「そんな……困ります……！」

無礼だとはわかっていたが、リゼットはそう口にせずにはいられなかった。

「困ると言われたところで、相手がいないのではどうしようもない。理解できたのであれば下がりたまえ。君とて、このような形で嫁ぐことは望んでいないだろう」

たしかに、この結婚はリゼットの母国であるクロンヌ王国が、皇帝へ恭順の意を示すために仕組んだものに過ぎない。他ならぬ皇帝が崩御したとあれば、帰国を拒む理由はないはず。

普通はそう考えるだろう。

「……帰れません」

「何だと？」

リゼットが小さく呟いた言葉が耳に届いたのだろう、ヴィクトールは初めて、形のよい眉をぴくりと動かした。

「わたしは皇帝陛下に嫁ぐためにここまでやってきたのです！　皇帝陛下が身罷《みまか》られたというのなら、どうか、次に即位される方の側室にしてはいただけませんか……!?」

「断る」

怜悧《れいり》な声がリゼットの耳朶を打つ。取りつく島もない返答だった。

「金目当てか？　それとも、寵愛を得て権力を振るうのが目的か？」

「そんな、違います！」

見下ろすヴィクトールは氷のように冷ややかな視線を向けていた。容赦のない言葉は、リゼットの細い体を切り刻むように鋭い。

「わたしは、シュヴェルト帝国とクロンヌ王国、双方の懸け橋たれと送り出されてまいりました！　その期待に沿えずして、ただ戻るわけにはまいりません！」

壇上の青年に負けじと口にした言葉は、出発の前に幾度となくリゼットがかけられた言葉だった。

本心を嘘で塗り固めるにはぴったりな、実にもっともらしい建て前だと思う。

だから、リゼットもこうして口にする。正直な気持ちを隠すために。

（だって、わたしは絶対に、あんな国には帰らないんだから……！）

鬼気迫る面持ちで、リゼットは食い入るように壇上の青年を見つめた。

「どうか……どうか、お願いします……！」

交錯する視線。ヴィクトールの双眸《そうぼう》に宿る強い意思に気圧されそうになるが、リゼットも決死の覚悟で見つめ返す。

ぴんと糸を張ったような静寂は、不意に途切れた。

ヴィクトールが、呆《あき》れたようにため息をついたのだ。

「……まったく、おかしな姫君だ。他の御令嬢は皆、泣いて喜びながら帰りの馬車に乗り込んだのだが」

ヴィクトールは根負けしたとでもいうように、緩く首を振った。

「そこまで言うのであれば、君の滞在だけは許可しよう。ゆっくり頭を冷やすといい」

「あ……ありがとうございます！」

「だが」

ぱっと顔を輝かせたリゼットを牽制するように、ヴィクトールは言葉を被せる。

「私は君を娶《めと》るつもりはない。それだけははっきりと覚えておきたまえ」

「え……？」

リゼットは不思議そうに目を見開いた。次の皇帝との婚姻の話が、どうして目の前のヴィクトールに繋がるのだろう。

「まさか、気付いていなかったのか？　シュヴェルト帝国は基本的に世襲制。つまり、次の皇帝はこの私だ」

「あっ……！」

そうでなければ、謁見の間の玉座に堂々と座っているわけがない。リゼットは己の理解の悪さに恥じ入った。

「臆したか、無謀な姫君？」

間の抜けた顔のリゼットがよほど面白かったのか、ヴィクトールの声色にわずかばかり楽しげな響きが混じる。

「いいえ……いいえ！」

リゼットはぶんぶんと首を振ると、顔を赤らめながらも、挑むようにヴィクトールを見据えた。

「わたしは必ず、あなたの花嫁になってみせます……！」

それが、リゼットのシュヴェルト帝国での日々の始まりだった。

一章

（……とは、言ったものの）

朝食を終え、リゼットは何度目かもわからないため息をついた。

「これから、どうしようかしら……？」

「はい？」

傍《かたわ》らで給仕をしていた侍女に聞き返され、リゼットは曖昧《あいまい》な笑みを浮かべた。

給仕を終えた侍女が出ていくと、室内にはリゼットだけが残される。

次期皇帝であるヴィクトールとのやり取りから四日。リゼットは宮殿の一角にある客間を与えられ、特に何をするでもない日々を送っていた。

部屋は広々としており、家具はどれもひと目見てわかるほど上質なものばかりだった。リゼットのように招かれざる客にまで平然とこうした部屋を割り当てるあたり、改めてシュヴェルト帝国の豊かさを感じる。

室内に他の人間の姿はない。クロンヌ王国から付いてきた使用人は、帝国への滞在が許されるなり、リゼットを置いてさっさと国に帰ってしまった。

（きっと、お義母様の言いつけがあったのでしょうね）

少し心細くはあるものの、使用人たちのことを冷たいとは思わない。そう思える程度には、リゼットはこういう仕打ちに慣れてしまっていた。

客間付きの侍女は最初こそ常に控えていたのだが、今では食事のとき以外に姿を見かけない。リゼットが特に何も命じないため、構っている暇はないと判断したのだろう。

無理もない。なにしろ、今日は崩御した前皇帝の国葬が執り行われる日。人手はいくらあっても足りないはずだ。招かれたわけでもないのに滞在する客人に時間を割く余裕はないだろう。

本来であれば自分の夫になるはずだった相手の葬儀だ。リゼットにも参列したい気持ちはあったのだが、それを伝える前に侍女が退出してしまった。

もちろん、ヴィクトールが部屋を訪れる気配も皆無だった。今頃は、第一皇子として葬儀を取り仕切っている頃だろう。

あれだけ意気込んで帝国に来たというのに、リゼットには、何もすることがなかった。

（でも、いつまでもこのままというわけにもいかないし……）

じっとしていても落ち着かないので、リゼットは鏡台の前に置かれた椅子に座った。

豚毛のブラシを手に取ると、さらりと伸びた銀の髪をゆっくりと梳《くしけず》る。

母譲りの銀の髪の手入れは、リゼットが欠かさず行う習慣のひとつだ。

ごく普通の姫君であれば侍女が行うことなのだろうが、リゼットは慣れた手つきで長い髪へブラシを入れていく。それが終わると、鏡台の上に置かれた香油を少しだけ手に取った。

上質な香油は、ほんの僅《わず》かな量を使うだけで銀の髪を艶《つや》やかに輝かせる。

(お母様の美しさに、少しくらいは近付けているかしら……?)

香油を馴染《なじ》ませた髪からふわりと香る薔薇《ばら》に、ふっくらとした唇がほころぶ。

独りには慣れている。供の者がいない静けさも、いつものことだ。

けれど、こんなにゆったりとした時間を過ごしていると、シュヴェルト帝国に輿入れすることを覚悟したときのことがまるで嘘のように感じられた。

あの日も、リゼットはこうして髪の手入れをしていた。

王城の奥に据えられた自分の部屋で。ただ古びた鏡と母の形見の櫛だけを手にして。

「光栄に思いなさい、リゼット。おまえはシュヴェルト帝国に嫁ぐことが決まりました」

普段なら寄り付きもしない王妃が、唐突に部屋を訪れ、リゼットにそう告げた。

そのことが何を意味しているのかはすぐにわかった。時の皇帝の奔放ぶりは、社交界に縁のないリゼットの耳に届くほどに有名な話だったのだ。

(お義母様はついに、わたしを王宮から出してしまわれるおつもりなのね)

リゼットの実母は、彼女が六歳を迎える頃に病で亡くなった。現在の王妃は、後妻に当たる女性だ。彼女と父王の間には、八歳になる王子がいる。

継母である王妃から、リゼットはずっと、つらく当たられていた。

理由は色々ある。最大の原因は五年ほど前——リゼットが十三歳の頃、父王が心臓の病を発して政務から遠のきがちになってしまったことだろう。

現在、国政のほとんどを取り仕切っているのは、他ならぬ王妃その人である。

王妃は元々、宰相を輩出する血筋の生まれであり、女性でありながら政治的手腕に長《た》けていた。その親類にも多くの有能な閣僚が名を連ねていた。

だが、そんな王妃に反目する勢力が存在した。アヴニール侯爵率いる貴族派である。

彼らは王妃とその親族が主導する政治を良しと思わず、日々、王宮のあちこちで水面下での闘争を繰り広げていた。

そして——困ったことに、アヴニール侯爵家は、リゼットの実母の生家だったのだ。

侯爵家の現在の当主は、リゼットから見て祖父に当たる。彼は事あるごとにリゼットの名前を出して国政への介入を試み、王妃との政争を繰り広げていた。リゼット自身の意志とは無関係に、である。

結果、リゼットは王妃の命令により、王宮の奥で軟禁に近い生活を強要されることとなった。十八歳を迎えた身でありながら、社交界デビューも許されていない。

（お爺様も、お義母様も、どちらも必死なのはわかるけれど……これ以上、不自由な人生なんて耐えられない！）

もし、ヴィクトールの言葉どおり国に戻ったとしても、リゼットは再び、権力闘争に巻き込まれるだけだ。最悪、王妃から暗殺者を差し向けられる可能性すらある。

（お父様には……ご相談、できないものね）

軟禁される前に何度か見舞いに行ったが、父王の病状はかなり悪く、寝台から身を起こすこともできない有様だった。顔色も青白く、痩せ細ったその姿には悲しみで胸が潰れそうになったほどだ。

実母に引き続き、父まで病で喪《うしな》うことになったら。そう考えると、リゼットは自分の処遇を訴えることなどできなかった。

自分だけが我慢すればいい。それが最良の方法だとはわかっていたけれど――苦しくて、苦しくて仕方なかった。そのうち、呼吸の仕方すら忘れてしまいそうだった。

だから、皇帝との結婚の話が持ち上がったことは、またとない機会だった。

その先に何が待っているとしても、籠の鳥のようなこの状況から抜け出せるのだから。

（……でも、ヴィクトール様が驚くのも当然のことよね）

突然押しかけてきた女性に、「結婚してほしい」と一方的に懇願されたところで、まともな人間が了承するはずもない。ましてや、相手は次代の皇帝だ。属国の姫君でしかないリゼットは、最悪の場合、無礼を咎《とが》められて罪人扱いされる可能性すらあった。

そう考えると、客人として迎えられたのは随分な温情だったのだと気づく。

（きっと、冷静な方なんだわ）

多忙な身にもかかわらずリゼットの話に耳を傾《かたむ》け、「頭を冷やせ」と宮殿への滞在を許してくれた。強引に多くの女性を囲っていたという前皇帝とは、まるで正反対だ。

（わたし……そのような方に、無理に結婚を迫っているのね）

考えれば考えるほど申し訳なく思えてくる。だが、リゼットも後がないのだ。

どうすれば、ヴィクトールに婚姻を了承してもらえるだろう。

いくら考えても答えは出ない。リゼットが難しい顔をしていると、不意に廊下が騒がしくなった。

何かあったのだろうか。リゼットは廊下に通じる扉に近付くと、話し声に耳を澄ませる。

どうやら、葬儀に参列する貴族相手の給仕が足りないらしい。半ば怒声に近い声音でやりとりしながら、使用人たちはリゼットの部屋の前を通り過ぎていく。

「何か、お手伝いできることはないかしら」

やがて、足音も話し声も遠くなった頃、リゼットはぽつりとそう呟《つぶや》いた。

いつまでも厄介なだけの客人として滞在するのはさすがに心苦しい。それに、じっとしているのにもいい加減に飽き飽きしている。なにが悲しくて、よその国に来てまで部屋の中で閉じこもっていなければいけないのだろう。

「……よし！」

リゼットは一念発起したように部屋の奥に戻ると、何やら荷物を探り始めるのだった。

＊　＊　＊

しばらくして。リゼットの姿は、喪服姿の貴族たちが集う控えの間にあった。

しかし、その服装は室内で忙しく立ち回るメイドたちと同じエプロンドレスだ。

「失礼いたします」

リゼットは丁寧に紅茶を注ぐと、湯気の立つカップをあちこちのテーブルへ配って回った。

多少の手際の悪さはあるものの、新入りの使用人だと答えれば誰に怪しまれることもないだろう。少なくとも、この部屋でくつろぐ貴族と近しい身分であるようには見えない。

一方の使用人たちも、特に怪しむこともなくリゼットを新入りのメイドとして扱い、次から次に指示を飛ばしていた。

（ふふ。まさか、こんなにうまくいくとは思わなかった）

リゼットは目まぐるしく働きながらも、悪戯《いたずら》が成功した子どものように目を輝かせる。

彼女の立てた策はいたって単純だ。手持ちの服の中でいちばん質素なワンピースを着て廊下を行き交う使用人に話しかけ、制服をなくした新入りのメイドを装ったのだ。

なにしろ、今は国を挙げての葬儀の最中である。宮殿は多くの弔問客で溢れかえっているし、それに比例して使用人の仕事は果てしなく積み上がっていた。

そんな中、制服を紛失した間の抜けた新人が現れたところで、誰もその真偽を確認したりはしない。せいぜい、新しい制服を支給する責任者に甲高い小言を聞かされたくらいだ。

そうしてメイドの制服に着替えたリゼットは、熱心に仕事に励んでいるのだった。

使用人の仕事は見よう見まねだが、案外うまくこなせている。

国で軟禁生活を送っていた頃、王妃に使用人を最低限まで減らされていたため、身の回りのことは自分で行っていた。その経験が活きているようだ。

（ああ、こうしていると、久しぶりに自由になった気がする）

周囲が喪に服す中、不謹慎だとわかっていても、弾むような気持ちを抑えられない。

やりたいことを、やりたいようにやる。そんなことが許されたのは何年ぶりだろう。

自分ではなく誰かのために紅茶を淹れることも、次から次に仕事が与えられるのも、楽しくて仕方がない。手際の悪さを怒られることすら、今は嬉しく感じられた。

こんなこと、クロンヌ王国にいた頃は絶対にできなかった。継母である王妃を刺激しないよう、常にその視線に気を配って、気配を消すように暮らしていたのだから。

「おや。これはまた、可愛らしいメイドではないか」

そのとき、喪服姿の貴族の男がリゼットに目を留めた。

もしや、浮かれていることに気づかれたのだろうか。リゼットは内心ひやひやしながら、恰幅のよいその男へ頭を下げた。

「あ、あの……なにか、ご用命がおありですか？」

「いいや。ただ、使用人にしておくには勿体ないと思ってね。……このような場でなければ、今すぐにでも部屋へ連れ帰りたいものを、まったく残念だよ」

男はリゼットの肩に手を置き、全身を舐《な》め回すように眺《なが》めている。失礼がないようにと必死に耐えていたものの、背筋にぞくぞくっと冷たいものが走る。

幸い、男は他の弔問客から話しかけられたのを機に、リゼットを解放した。

「ほらそこ、サボってないで足を動かす！」

安堵のため息をついていたリゼットは、通りかかったメイドの一言ではっと我に返る。

やがて、弔問客の世話が落ち着く頃、それまで控えの間で働いていた使用人に休憩の時間が与えられた。

他のメイドたちにならい、リゼットも階下にある使用人用の控室へと向かった。その頃にはすっかり周囲に溶け込んでいて、交代の者に怪しまれることもない。

使用人用の控室にはすでに食事が用意されていた。といっても、ぱさついた粗末なパンと、野菜くずの入ったスープといった質素なものだ。

煮込まれた野菜の甘い匂いが鼻先に届くと、リゼットのお腹がくぅ、と可愛らしい音を立てる。

粗末な食事ではあるが、ひと仕事を終えて空腹を訴える体にはまたとないご馳走だ。

「皇帝陛下が崩御されて、この国もどうなるのかねえ」

「なんでも、新しい皇帝に即位されるのは、ヴィクトール殿下なんだろう？」

狭い部屋にぎゅうぎゅうに押し込まれるようにして質素な軽食を口に運んでいると、リゼットの耳に不意にそんな会話が飛び込んできた。

ごくんとスープを飲み込み、耳を澄ませる。リゼットが聞き耳を立てていることを知る由もなく、使用人たちの会話は続いた。

どうやら以前まで、ヴィクトールは宮殿においてあまり目立つ存在ではなかったらしい。しかし、前皇帝の崩御と共にその存在感が増したのだという。そのため、使用人たちもあまり彼のことを詳しく知らないようだった。

帝国軍の指揮を執っていたらしい、いや辺境の査察に行っていたようだ、亡き皇帝陛下に疎《うと》まれていたらしい……などと、あちこちから次から次に噂が飛び出すものの、どれも出どころが不明瞭なものばかり。

（不思議ね。お世継ぎなのに、誰もヴィクトール様のことをよく知らないだなんて）

それどころか、皇帝の給仕を務めたことがあるという者ですら、彼を一度も見たことがないと話し出す始末。

とはいえ、ヴィクトールのことを知らないのは、リゼットも同じだ。

知っていることはといえば、凛々《りり》しく整った顔立ちをしていることと、ベルベットのように深みのある低い声をしていること。それから、その瞳がまるで上質なサファイアのように深い蒼色《あおいろ》であることくらい。

他のことは何も知らない。もし、あの逞《たくま》しい体が隣に立ったら、どれくらいの身長差になるのかも。どんな笑顔を浮かべるのかも。

——笑顔。リゼットの前では厳しい表情を浮かべていたヴィクトールも、未来の妻には穏やかな表情を見せるのだろうか。

そう思った途端、心臓が急に早鐘を打ち始めた。

(ああ、どうしてこんなに落ち着かない気持ちになるのかしら)

それは、リゼットが感じたことのない感覚だった。

きっと、玉座の間での緊張を思い出すせいだろう。考えてみれば、あんな風に男性と向き合って自分の意見を口にするような経験は、今までに一度もなかった。

それどころか、生まれ育った王宮の外に出たことすら、初めての経験なのだ。

(どうすれば、あの方の妻になれるのかしら……?)

そう考えたとき、リゼットはふと、亡くなった母の言葉を思い出した。

母は王都から遠く離れた領地で育ったため、結婚が決まるまで夫である父のことは何も知らなかったという。なので、相手のことを知るためにと色々な人に話を聞いたそうだ。

「食べ物は何が好きなのか、どんな本を読まれているのか、乗馬はお好きか……。侍従や陛下のお側《そば》にいる近衛騎士、下働きの庭師にも聞いてみたわ。侍女頭には、はしたないと怒られてしまったけれど」

そう話してくれた母の、悪戯がばれたときのような笑顔を思い出す。

（お母様みたいに、わたしも、ヴィクトール様のことを知るところから始めよう）

なにしろ、リゼットはまだ彼と出会ったばかりなのだ。

人となりはおろか、帝国でどんな仕事をして、どんな評価を受けているのか、何も知らない。これでは結婚相手として認めてもらうことなんて、夢のまた夢だろう。

そのためには、使用人として働くことはうってつけの方法のように思えた。

もちろん、今のように出自不明の噂話ばかりが集まる可能性もあるが、宮殿のあちこちに足を運ぶことができれば、その真偽を確かめられるかもしれない。

客人として滞在している以上、いずれヴィクトールに再び会う機会を作ることは不可能ではないはずだ。その日までに、少しでも多く彼のことを知りたい。

こうしてリゼットは、周囲の目を盗み、使用人として働くことを決意したのだった。

＊　＊　＊

「ご用命がありましたら、いつでもお呼びください」

朝食の給仕を終えた侍女が部屋を出て行くのを確認すると、リゼットはその日も行動を開始した。

制服に着替え、長い銀の髪を簡素にまとめれば、どこからどう見ても新入りのメイドの出来上がりだ。

（……よしっ）

人の往来が途切れたことを確認し、慣れた様子でさっと廊下に出る。

リゼットが使用人に成りすまし始めてから、早五日。最初こそ不安な気持ちで歩いていた客間前の廊下も、今やすっかり馴染《なじ》んだ道である。

「すみません、こちらをお手伝いするようにと言われたのですけれど」

リゼットは慌ただしく走るメイドを見つけると、その後を追って厨房へ顔を覗《のぞ》かせた。

「新入りかい？　じゃあ、これを運んでおくれ！　場所は……」

リゼットをメイドだと疑いもしないコックがサンドイッチや焼き菓子といった軽食の乗ったトレイを手渡す。注意深くそれを受け取ると、リゼットは厨房を出て、伝えられた目的地へと歩き出した。

使用人の仕事は、想像以上に大変なものだった。

いくら身の回りのことが自分でできるといっても、リゼットは一国の姫君として育った身だ。一日中走り回り、慣れない力仕事をこなして、体はすっかり筋肉痛だった。

おまけに、シュヴェルト帝国の宮殿は、その威容を示すかのように広大だ。

最初はどこにどんな部屋があるかわからなかった。しかし、新入りが道に迷うのは珍しくないようで、リゼットが困った様子で尋ねると、周囲の使用人仲間は呆《あき》れたり怒ったりしながらも道を教えてくれた。

「おや、リゼ。今日は厨房の手伝いかい？」

廊下をすれ違う際に声をかけてきたのは、この数日で顔見知りになった厨房係のメイドだった。リゼというのは、使用人のふりをするためにつけた偽名だ。

「昨日は客間の掃除だったんだろう？　新入りはあちこちの手伝いに回されて大変だねぇ」

「いえ、働き口が見つかっただけでありがたいです」

「おやまあ、若い子は働き者で嬉しいねえ。その調子でどんどん仕事を覚えておくれ！」

新入りはまず色々な役職の手伝いに行くらしい。

前皇帝の葬儀の日、使用人に成りすまして制服を渡されたとき、同時にそのことを知ることができたのは幸運だった。おかげで、リゼットは特に怪しまれることもなく、使用人の仕事に励んでいる。

（ヴィクトール様のことは、まだ、わからないことが多いけれど……）

葬儀の際に漏れ聞いた話もそうだったが、第一皇子であるにもかかわらず、彼はこれまで表舞台に立つことが少なかったようだ。それだけ、亡き前皇帝が為政者として絶対の権力を持っていたのだろう。

だが、新しく知ったこともある。

ヴィクトールは、皇帝の親族の多くが居住し、政治の中枢でもあるこの宮殿ではなく、奥まった場所にある離宮に居室を構えているらしい。生活空間が分かれているのであれば、彼を見たことがない使用人が多いのも頷《うなず》ける話だ。

それと、彼は宮殿に残っていた前皇帝の側室の多くを祖国に帰しているという。

側室の多くは従属国から嫁いだ姫君だ。中には、征服された国から奪うように連れて来られた王女もいる。彼女たちは一人の人間であると同時に、帝国の戦利品でもあった。どんな扱いを受けても、抗議する権利は与えられていない。

使用人の中には、容赦なく追い出している、と口さがなく話す者もいた。しかし、リゼットがあちこちの手伝いをして聞き出したところによると、一方的な離縁に見合うだけの金銭を負担し、宮殿に残ることを望む者には相応の世話をしているそうだ。

(きっと、誠実な方なのね)

リゼットも帰るように勧められたうちの一人だ。その時の様子を思い出すと、口元に微《かす》かな笑みが浮かぶ。

ヴィクトールは冷静に彼女たちの希望を聞いていったのだろう。リゼットのことを、呆れ混じりで客人として迎えたのと同じように。

あのときは、取り付く島もない相手だと感じたが、本当は――。

(もしかしたら……優しい方、なのかしら)

不意にヴィクトールの蒼い瞳が脳裏に浮かび、リゼットは胸がざわめくのを感じた。

「ちょっとあなた！　そんなにのろのろ歩いていたら、仕事が進まないわよ⁉」

そのとき。前から歩いてきたメイドが、すれ違いざまに厳しい注意を飛ばしていく。

「す、すみません！」

すっかり考え事に没頭してしまった。リゼットは慌てて背筋を伸ばすと、止まりがちだった足を速めた。

「ああ、あんた！　ちょうどいいところに！」

ひと仕事を終えて厨房に戻ったリゼットは、ちょうど慌てた様子で顔を出したコックに勢いよく呼び止められた。

「リゼって言ったかい？　あんたは新人だが、紅茶を淹れるのはとびきりうまいって聞いてるよ！　悪いんだけど、北棟の閣議室に行ってもらえるかい？」

北棟といえば、宮殿の中でも政務に使われる部屋が集められている建物だ。

普段であれば限られた使用人しか立ち入れない場所だが、折悪しく、許可を持っているメイドが皆出払っているらしい。

「もちろん、わたしでよければ……！」

リゼットは僅《わず》かに緊張を滲ませながらも、はっきりと頷いた。

厨房の手伝いや給仕、掃除だけでは、集められる情報にも限界がある。ヴィクトールのことを知りたいのであれば、これはまたとない機会だ。

くれぐれも失礼がないように、ときつく言い含められ、リゼットは紅茶と軽食を乗せたティートローリーを押し、北棟にある閣議室へと向かった。

応接室や客室が立ち並ぶ区画とは異なり、北棟の廊下は質実剛健といった雰囲気《ふんいき》の場所だった。天井や柱の装飾は最低限に留まり、行き交う人々も皆、険しい顔つきをしている。

やがて、リゼットは辿り着いた執務室の扉を叩《たた》いた。

間髪入れず、中からは「入れ」と低い男の声が返ってくる。

（……この声、どこかで聞いたような……？）

そうは思ったものの、今は仕事中だ。深く考えている暇はない。

「失礼いたします」

リゼットは室内に足を踏み入れ——上げかけた悲鳴を咄嗟《とっさ》に呑み込んだ。

（あれは、ヴィクトール様……!?）

奥行きのある部屋に置かれた大きな長机。その上座に座るのは、他ならぬ第一皇子のヴィクトールその人だった。

どうりであれほど念を押されるわけだ。次期皇帝が閣議を行う部屋となれば、下手な人間を向かわせて不興を買うわけにはいかない。

それだけ使用人としての働きを評価されたのだろうが、今は、単純に喜べるような状況ではなかった。リゼットの仕事は、部屋に集まる人々に紅茶を用意することなのだ。

当然、そこにはヴィクトールも含まれている。

(ど、どうしましょう……！)

たしかに、リゼットは彼との再会を望んでいた。

しかし、まさかこんな状況になるとは。なんて最悪なタイミングなのだろう。

——もし、使用人を装っていることがばれたら、どうなるのだろうか。

働くことがあまりにも楽しくて、リゼットはそのことを一度も考えていなかった。

(怒られる？　いえ、無理にクロンヌ王国に帰される……？)

自分の迂闊《うかつ》さが愚かしい。だが、幸いにも、彼の視線は手元の書類に落とされている。

(ああ、どうか気付かれませんように……！)

リゼットはどうにか平静を保ちながら、居並ぶ官僚の前へ順番に紅茶を置いていった。

(あとは、ヴィクトール様だけ……)

何事もなく終わってほしい、と。リゼットがそう祈るのも空《むな》しく——。

「ああ、ありがとう」

まるで、机に置いた紅茶からふわりと湯気が立つのが合図だったように。

ヴィクトールは手にした書類を置くと、傍らのメイド――リゼットへ視線を向けた。

「……君は」

（あ……！）

視線が、合ってしまった。

ヴィクトールがはっと目を見開く。どうやら、目の前の相手がリゼットだとすぐに気が付いたようだ。

（おしまいだわ……）

リゼットは悲壮な面持ちで、ティートローリーのハンドルを握り締める。

「どうかなさいましたか、殿下」

「……いや」

ヴィクトールの様子がおかしいことに気づいた閣僚が声をかける。しかし、彼は何事もなかったかのようにそう返すと、リゼットから視線を外した。

（え……？）

「君、何をしている。仕事が終わったのなら、早く下がりたまえ」

「し、失礼いたしました……！」

訝《いぶか》しむような官僚の声で我に返ったリゼットは、慌てて部屋を後にした。

扉を閉めるとき、ヴィクトールが側近と思しき赤毛の青年を呼び寄せ、何事かを耳打ちしている様子が見えた。だが、そのことを気にする余裕はない。

リゼットは慌てて厨房に戻ると、急いでティーセットの片付けを終えた。今はとにかく目の前の仕事を終えて、それからこの先のことを考えようと思ったのだ。

だが、厨房を出ようとしたリゼットの前に、立ち塞がる人影があった。

「あ……」

それが誰なのかはすぐにわかった。先ほど、ヴィクトールが声をかけていた側近だ。

「我が主《あるじ》の命です。……一緒に来ていただけますね、リゼット姫」

優しく囁《ささや》くように、けれど有無を言わせぬ迫力で、彼はそう呼びかけたのだった。

＊　＊　＊

リゼットが連れて来られたのは、宮殿の奥、渡り廊下で結ばれた離宮――ヴィクトールが生活しているという建物だった。

「こちらでしばらくお待ちください」

離宮に据えられた応接室に案内されたリゼットがおそるおそるソファーに腰を下ろすと、

やがて規則的な足音が近づくのが聞こえてきた。

「説明してもらおうか、リゼット姫」

やはりと言うべきか、姿を現した足音の主はヴィクトールその人だった。

「君は我が国の客人だったはず。それが何故、使用人の真似事をしている？」

「それは、その……」

ヴィクトールの眼差《まなざ》しは冷ややかだ。とてもではないが、ただ世話になるのも居心地が悪いので手伝うことにした、などと言える雰囲気ではなかった。

リゼットが答えに窮《きゅう》していると、彼の表情はますます厳しくなる。

「供の者を返したのはそのためか？　侍女に最低限の仕事しか命じていないのも？」

「あ、それは……」

どうにか説明しようと言葉を探すリゼットを、ヴィクトールが目線だけで遮《さえぎ》る。

「皇帝の側室になることに強くこだわったのも、宮殿に潜入することが目的だったのではないのか？」

――何やら、話の雲行きが怪しくなってきた。

「誰の命令だ。クロンヌ国王に、皇帝の弱みを探れとでも言われたか。彼の国は亡き陛下を恐れていたからな。反逆を企てていたとしてもおかしくない」

「違います！　わたしは、帝国への忠誠の証として……！」

「どうだかな。捕らえられた間諜は皆、口を揃えたように同じことを言うものだ」

「そんな……」

「君の回答次第では、クロンヌ王国の扱いを考え直さなければいけない。よく考えて発言するように」

突き放すようなヴィクトールの言葉に、リゼットの顔がさっと青ざめた。

このまま彼の誤解を解けなければ、両国の外交問題に発展してしまう。

自分の国に良い思い出があるとは言い難いリゼットだが、それでも、あの国は紛れもない故郷だ。自分の失態で、そこに暮らす人々を巻き添えにするわけにはいかない。

だが、同時に、ヴィクトールが反論に耳を貸すつもりがないのも明白だった。

彼の中では既に、リゼットはどこかの国から派遣された間者の類《たぐい》だと結論づけられているのだろう。あとは、どう証拠を掴むか。冷ややかな目線から、そんな考えがありありと伝わってくる。

「……わかりました。わたしが使用人の真似をしていた理由をお話しします」

少し考えた末、リゼットはソファーから立ち上がると、ヴィクトールと向き合うように姿勢を正した。

こうしてヴィクトールと正面から相対するのは二度目だ。一度目は彼が座っていたからわからなかったが、二人の身長は頭ひとつ分ほど違う。頑強な体軀から発せられる威圧感に気圧されそうになるが、負けてはいられなかった。

「わたしはただ、未来の夫となる方のことを知りたかっただけなのです」

言葉でどう取り繕ったところで、ヴィクトールの疑いは晴れないだろう。

なので、リゼットはこれまでのことを正直に話すことにした。

国から随伴してきた侍女たちは元より帰還を命じられていたこと。客人として世話になったお礼に、正体を隠して使用人の手伝いを始めたこと。宮殿で働ければヴィクトールのことを知ることができるのではないかと思ったこと――。

「客人の身でありながら勝手なことをして、誤解を招いてしまったことはお詫びします。ですが、後ろ暗いことは何もしていません」

毅然と答えたリゼットに、ヴィクトールは口元に手を当て、真偽を探るような眼差しを向けた。

「……なるほど。どうやら君は、私が思っていた以上に奇妙な姫君であるようだ」

やがて彼の口から発せられたのは、先ほどとは打って変わって穏やかな声音だった。

「では……！」

信じてもらえたのだ。顔を輝かせるリゼットに、ヴィクトールは静かに頷く。

「君の行動に思うところはあるが……まずは非礼を詫びよう。すまなかった」

「こちらこそ、軽率な行いでお騒がせしてしまい、すみませんでした。でも……このようにお話しできる機会を得ることができたのは、少しだけ、嬉しいです」

　ふふ、とリゼットは顔をほころばせる。

「だって、ヴィクトール様がとても真面目で、誠実な方だと知ることができました。使用人の方々も口々におっしゃっていましたよ。横暴なところがあった前の皇帝陛下とは全然違うみたいだ、って」

「……私がこのような疑いを向けると、大抵の女性は感情的に叫《さけ》ぶか、泣きわめいて縋《すが》ってくるものだが」

　ふ、とヴィクトールの目元が和む。

「そのように笑みを浮かべたのは、君が初めてだ」

　笑ったのだ、と。リゼットは何故か、直感的にそう理解した。相変わらず口元は真一文字に引き結ばれ、一見して怖そうに見えるのは変わらないのに。

　ひとつ、またひとつと、知っていることが増えていく。それがなんだか楽しくて。

（ヴィクトール様のことを、もっと知りたい）

　誰かに対してそう思うのは、初めてのことだった。

　できることなら、もっと使用人の真似事をしていたい。そうすれば、きっとヴィクトールについて、今以上にたくさんのことを知ることができるだろう。

　でも、この場でそれを伝えるのはさすがに憚《はばか》られた。リゼットは王女として国を背負った立場なのだ。先ほどのやりとりで、それを痛いほど思い知らされた。

リゼットが黙ったまま悩んでいると、ヴィクトールが呆れたように息を吐《は》く。

「……君はわかりやすいな」

「えっ、いきなり何をおっしゃるんですか」

「顔に全部書いてある。私に求婚するために使用人として働くなど、にわかには信じがたい思考ではあるが、ね」

「う……」

考えが完全に読まれている。

恥ずかしい、と頬を押さえるリゼットに、ヴィクトールはわずかに眉根を寄せ、

「求婚を受けるつもりはない。だが、そんなに使用人の真似事をしたいのなら、私の侍女として働くといい」

「よろしいのですか⁉」

思いがけない提案に、リゼットはぱっと顔を輝かせた。

「この前、使用人を数人解雇したばかりで、ちょうど人手が足りなかったところだ。それに、君は何をしでかすかわからない。目の届くところにいてもらった方がよさそうだ」

ヴィクトールは呆れも露《あら》わにリゼットを見やる。

だが、この際、理由など構わなかった。

（わたし、ヴィクトール様のお側で働くことができるのね……！）

リゼットには、それが何よりも嬉しかったのだ。

「離宮に部屋を用意させよう。君は明日からクロンヌ王国のリゼット姫ではなく、私の使用人のリゼだ。そのつもりで励むように。いいね？」

「ありがとうございます。では、明日から、誠心誠意働かせていただきますね！」

リゼットは意気込みを見せるように、満面の笑みを浮かべたのだった。

＊＊＊

翌日から、リゼットはヴィクトールの侍女として働き始めた。

リゼットがクロンヌ王国の王女だということは、ヴィクトールとその側近だけしか知らない。明らかにしたところで、不必要な混乱が生まれるのは目に見えている。

リゼットの新しい職場である離宮は、広大で壮麗な宮殿とは正反対に、こぢんまりとした建物だった。それでもかなりの広さではあるのだが、今ではヴィクトールと彼に仕える者が暮らしているだけで、大半の部屋は使われていない。

厨房や洗濯室といったひととおりの設備が整えられているにもかかわらず、使用人は最小限しかおらず、どこも常に人手が足りない状態だった。離宮の業務を取り仕切る侍女頭によれば、色々と事情があって簡単に人数を増やせないらしい。

そんな事情もあり、新しい使用人であるリゼットは手放しで歓迎された。離宮の主人であるヴィクトールが直々に連れてきたというのだから尚更だ。

（頑張って、皆さんの期待に応えなくちゃ！）

リゼットは労働意欲に燃えていた。ヴィクトールについて知りたいという、元々の動機が二の次になるほどに。

なにしろ、祖国ではただの厄介者だったのだ。これほどに誰かに必要とされるのであれば、全力で応えたい。リゼットはその一心で、瞬く間に仕事を覚えていった。

リゼットに与えられた業務は、ヴィクトールに命じられる雑用全般だ。

執務室に紅茶を運んだり、私室の掃除をしたり。手が空いた際は離宮の他の使用人を手伝うこともある。

「失礼いたします。お茶をお持ちいたしました」

ヴィクトールが主な執務を行う部屋は、離宮の一角に据えられていた。

リゼットが入室すると、ヴィクトールは難しい顔で書類に目を通しているところだった。

マホガニー製の大きな机の上には、いくつもの書類の山が出来上がっている。

皇帝の崩御が突然だったこともあり、ヴィクトールは後継者として日々を政務に謀殺されている様子だった。リゼットが紅茶の準備をしている間も、慌ただしく出入りする官僚によって書類の山が増える始末である。

「ああ、ご苦労」

ヴィクトールがさっと書類を脇に寄せると、リゼットは空いた場所にカップを置いた。

書類から目を離すことなくカップを持ち上げたヴィクトールだったが、紅茶を口にした途端、微かに目を瞠《みは》る。

「……閣議室でも思ったことだが、君の淹れる紅茶は美味いな」

「まあ、本当ですか？」

「世辞は言わない主義だ。君の紅茶は、他の者とは香りが違う。だからこそ、君が使用人に成りすましていることに気づいたわけだが」

「おかげで、こうしてあなたのお側で働くことを許されたのですね。どんなことでも、きちんと学んでおけば役に立つものですわ」

「……まあ、そういうことにしておこうか。紅茶の淹れ方は、独学で？」

「母の侍女をしていた者から教わりました。彼女に比べれば、わたしなどまだまだです」

じっくりと紅茶を味わうヴィクトールを見つめながら、リゼットは過去を懐かしむように目を細めた。

実母である前王妃に生前よくしてもらったから、と。侍女のマーサは義母の目を盗んでは、あれこれとリゼットを気にかけてくれた。

マーサだけではない。王宮の奥で軟禁生活を強いられる中、生前の母に仕えた使用人たちには色々な形で助けられた。勉学、礼儀作法、身の回りの細々としたことまで、彼らに教わったことが、今に至るまで、リゼットを生かしてくれている。

「君は他の仕事もよくこなしていると報告を受けている。一国の姫君にしておくには惜しいほどの優秀さのようだ」

「ありがとうございます。褒《ほ》めていただけて、とても嬉しいです」

リゼットはにっこりと笑顔を浮かべる。

（もし、ヴィクトール様に結婚をお断りされたら、このまま離宮の使用人として働かせてください、ってお願いするのはどうかしら？）

順調に仕事を覚えていけば、それも不可能な話ではなさそうだ。

リゼットはますます熱心に、侍女の仕事に励むのだった。

＊＊＊

時として、ヴィクトールの執務は深夜にまで及ぶことがある。

先に休んでいいと言われているのだが、執務室に遅くまで明かりがついているのを見ると、どうにも気持ちが落ち着かない。

考えた末に、リゼットは彼に紅茶を持って行ってから休むことに決めた。

とはいえ、離宮の厨房は既に火が落とされている。宮殿ならば遅くまで湯を使う者もいるだろう、とリゼットは渡り廊下の向こうへと向かった。

静かな離宮とは対照的に、宮殿は夜でもあちこちから人の気配が感じられる。

広い建物の中には、帝国の基盤となるあらゆる機能が備わっている。以前、リゼットが足を運んだ北棟のように国家運営に使われる区画はもちろん、皇帝家に連なる貴人の私室や客間の他、主たる閣僚の住まいも宮殿内に置かれていた。

様々な人々が仕事をしたり暮らしたりするということは、それだけ昼夜の境も曖昧《あいまい》になりやすい。厨房の仕事を手伝っていたとき、他の使用人がそう零《こぼ》していた。

だが、ヴィクトールの側で働くようになった今、その方が都合がいいとよくわかる。リゼットは宮殿の厨房で紅茶の準備を終えると、再び来た道を戻り始めた。

ランプの明かりに照らされた廊下は薄暗く、紅茶を乗せたトレイを持っているとどうしても足元が見えづらい。はやる気持ちを抑えて慎重に歩いていると、不意に廊下の曲がり角から人影が現れ、リゼットは慌てて足を止めた。

「おや、君は……」

その顔には見覚えがあった。以前、皇帝の葬儀の日に話しかけてきた貴族の男だ。

「あれ以来見かけないから、使用人を辞めたものだと思っていたよ。それがこんなところで出会うとは、運命の導きとでも言うべきかな」

男はあの時と同じように、にやにやとリゼットに笑いかける。

「すみません。仕事中ですので、そこを通していただけますか？」

横を通り抜けようとすると、男は進路を塞ぐようにリゼットの前へ回り込んだ。

「まあ待ちなさい。いつまでも給仕の仕事などやりたくないだろう？　もっといい仕事を紹介してやるから、これから私の部屋に来なさい」

「あの、お気持ちはありがたいのですが、今の仕事が気に入っていますので……」

「なんと、使用人風情に拒否権があると思っているのかね？　まあいい、すぐにそんな口がきけないようにしてやろう」

男は強引にリゼットの肩を摑んで抱き寄せると、小さな瓶を口元に押しつけた。トレイを持った状態では抵抗もできず、リゼットは流し込まれた液体を飲み込んでしまう。

「な、何を……」

「ただの薬だよ。元気になる薬だ」

男は小瓶をその場に捨てると、にやついた表情でリゼットの肩から背中にかけてを撫《な》で回し始めた。生温かな感触に、全身が総毛立つのを抑えられない。

「や、やめて……やめてください……！」

必死にその手を引き剝《は》がそうとするものの、男の力にはどうしてもかなわない。

揉み合ううちに、リゼットは手にしていたトレイを落としてしまった。陶器の割れるガチャンという音が廊下に響き渡る。

「ああっ……」

「さあ、こっちに来るんだ」

散乱したティーセットには構わず、男は強引にリゼットを連れて行こうとする。男の向かう先にあるのは、宮殿に滞在する貴族が寝泊まりする部屋だ。

「は、離して……！」

本能的な恐怖を感じ、リゼットの身体に震えが走った——その瞬間。

「何をしている」

沈黙を破るように響いたのは、ヴィクトールの声だった。

「ヴィ、ヴィクトール殿下！　何故、このようなところに……！」

「その女は私の侍女だ。姿が見えないので探しに来た」

苛立ちを露わにしたその言葉に、男が引きつった悲鳴を上げる。

「そ、そうとは知らず……！　では、私はこれで……！」

男はリゼットを床に突き飛ばすや否《いな》や、一目散にその場を去っていった。

逃げ去る貴族を一瞥《いちべつ》すると、ヴィクトールは倒れ込んだリゼットの傍らに屈み込んだ。

「あ……ヴィクトール、様……」

「こんなところで何をしている。今日はもう休むようにと命じたはずだが？」

「ヴィクトール様がまだお仕事をされていたので、お茶をお持ちしようと……」

「……それはまた、よくできた侍女だな」

呆れたようにため息をつくと、ヴィクトールはリゼットの背に手を回し、華奢な身体を抱き起こそうとする。

リゼットが体の異変を感じたのは、まさにその瞬間だった。

「……っ！」

ヴィクトールの手が触れた瞬間、体の中にびりびりとした感覚が走り抜けたのだ。

リゼットはたまらず息を詰めた。体の内側が熱を帯びて、ぞくぞくとした震えが止まらない。でも、風邪をひいた時のような寒気とは違う。

(何、これ……!?)

ヴィクトールはすぐにリゼットの異変に気がついたようだった。

「リゼ、あの男になにをされた？」

「あの、なにか、薬のようなものを飲まされて……」

と、リゼットは近くに落ちていた小瓶を指差す。

「……おそらく、君が飲んだものは媚薬だ。最近、貴族の間で流行っていると耳にしたことがある」

小瓶の中身を嗅ぐと、ヴィクトールは彼にしては珍しく、歯切れ悪くそう口にした。

「びや、く……？」

初めて耳にする単語に、リゼットは不思議そうにヴィクトールを見つめる。

「知らないのか？　……簡単に説明すると、体の感覚を一時的に高める薬のことだ」

「でも……なんのために、そんなものを、わたしに……？」

「……わからないのか？　まさか、本当に？」

ヴィクトールは驚愕も露わにリゼットの顔を見やる。

けれど、本当にリゼットにはその理由がわからなかった。

わかるはずもないのだ。王宮の奥に閉じ込められ、社交界にも縁遠いリゼットにとって、男女の機微は遠く離れたものだった。恋愛を扱う物語なら読んだことがあるものの、そこに閨《ねや》での秘め事は記されていない。

「呆れたほどの無知さだな。……だからこそ、恐れもせずに私の妻になりたい、などと口にしたのだろうが」

ヴィクトールの指が紅潮した頬をなぞる。たったそれだけで、リゼットは身体の奥に熱い震えが走るのを感じた。

「あ……」

何故だろう。ヴィクトールに触れられるのを、嫌だとは思わなかった。先ほどの男に対しては、あんなにも拒否感があったのに。

心臓が早鐘を打つ。次第に速くなる呼吸。どうしても、反応するのを抑えられない。

「わたしの体……どうなってしまうのですか……？」

未知の恐怖に怯え、リゼットの両目に涙が浮かぶ。白い頬は紅潮し、柔らかな唇は薄暗い廊下でもそうとわかるほど艶やかな赤みを帯びていた。

ヴィクトールが息を呑む気配が伝わってくる。

「……純粋無垢というものが、これほどにまで罪深いとは」

彼が口の中だけで呟いた言葉を、リゼットは聞き取れない。

ただ、彼の表情が次第に厳しいものに変化していくことだけは辛《かろ》うじて見て取れた。

「ヴィクトール様……？」

リゼットが不安げに名前を呼ぶと、ヴィクトールは珍しく、明らかに困った様子でため息をついた。

「……仕方ない」

リゼットの身体を優しく抱え上げると、ヴィクトールは足早に離宮の方向へと歩き出すのだった。

＊　＊　＊

リゼットを抱えたヴィクトールは彼女の私室に入ると、寝台にその体を横たえた。

柔らかな寝具が触れるだけで体が甘く疼《うず》き、リゼットはたまらず吐息を乱す。

「ヴィクトール様……わたし、なんだかとても……苦しいです……苦しいんです……」

心臓は理由もなく早鐘を打ち、全身がそわそわと震えている。まるで、何かを待ち望んでいるかのようだ。けれど、リゼットにはそれが何なのかがわからない。わからないからこそ、余計に苦しくてたまらない。

救いを求めるようにヴィクトールを見上げる。

明かりのない室内、窓から差し込む月明かりだけに照らされた彼の横顔は、高名な芸術家が作った彫像のように美しかった。

「……君の症状は、朝までには収まる。それまで耐えられるか?」

「朝、まで……?」

こんなにも苦しくてたまらないのに、ただ耐えるしか方法がないなんて。

苦悶の表情を浮かべるリゼットが零す吐息は、どこまでも熱い。寝台の傍らで見下ろすヴィクトールが、ぐっと息を呑む気配が伝わってくる。

(ヴィクトール様を……困らせてしまったわ……)

彼の命じたとおりに休んでさえいれば、こんな騒ぎは起こらなかったはずだ。

自分の身勝手さが招いた事態だと思うと、その愚かさに嫌気が差す。

でも、こうしてヴィクトールが側にいてくれることが嬉しかった。それがリゼットの身勝手で一方的な気持ちだとはわかっているけれど。

「……ヴィクトール様、そばに……どうか、このまま……」

叶《かな》わない願いだとはわかっている。でも、どうしても口にせずにはいられなかった。

王宮での居場所がなくなってから、体調を崩しても、リゼットはずっと独りで耐えてきた。だから、こんな状況には慣れているはずなのに——今は、たまらなく心細くて。

「お願いします……そばにいて……」

熱を帯びたリゼットの瞳が涙を滲ませる。

ヴィクトールは一瞬、苦しそうに眉根を寄せたが、やがて体を屈め、リゼットの顔を覗き込んだ。

「苦しいのか」

「……はい……」

「私に、鎮めてほしいと望むのか。それがどんな手段を伴うとしても？」

リゼットはこくんと頷いた。ヴィクトールが側にいてくれるだけでも心強いのに、助けてくれるというのであれば、断る理由があるはずもない。

しかし、ヴィクトールは答えを聞いたあとも、しばらく沈黙を保ち続けていた。

「ヴィクトール、様……？」

その間も、リゼットの体の異変は強くなる一方だった。たまらず名前を呼ぶと、ヴィクトールはおもむろに瞑目する。まるでなにかを決意したかのように。

「……ならば、その願い、叶えよう」

ヴィクトールは寝台へ膝を突くと、リゼットの胸元へ手を伸ばし、ブラウスの釦をひとつずつ外し始めた。

「あ……ヴィクトール様、なにを……？」

「その苦しみから解放されるためには、一度、感覚を限界まで高める必要がある。私がそれを手伝おう」

「限界、まで……？」

これ以上の昂《たか》ぶりなど、リゼットにはとても想像もできない。

怯えたようにヴィクトールを見上げると、彼はふ、と目元を和ませた。それが微笑《ほほえ》みなのだと、リゼットは既に知っている。

(恥ずかしい、けど……)

ヴィクトールにになら、何をされても構わない。そう思えた。

「君は何も考えるな。すべて、私に任せておけばいい」

ヴィクトールの指が、露わになったリゼットの首筋に触れた。細い首を確かめるように滑り下りた指が、鎖骨のくぼみを丁寧に撫でる。

「あ、ああ……」

触れられたそばから肌が熱を帯びるのを感じて、リゼットは華奢な体を震わせた。

ヴィクトールの手がブラウスの前を開き、コルセットの紐を緩めると、豊かな胸が零れるようにまろび出た。上気した膨らみにはうっすらと汗が滲み、桜色の頂《いただき》がつんと上を向いている。

「あ……」

今まで人目に触れさせたことのない場所だ。反射的に肌を隠そうとしたリゼットの腕を、ヴィクトールが摑んで押しとどめた。

「大きいな。服の上からではわからなかった」

ヴィクトールの大きな手が、包み込むようにリゼットの胸へ触れた。

「や、恥ずかしい、です……」

「だが、必要なことだ」

リゼットの弱々しい抗議にどこか優しい目を向けると、ヴィクトールは胸の膨らみを優しく愛撫し始めた。感触を確かめるように揉まれると、体を支配する熱がますます昂ぶるのがわかる。呼吸が自然と速くなって、悲鳴のような声が混じるのを抑えられない。

「や、あ……っ、ああ……は……っ」

硬く凝った胸の頂を指の間に挟まれると、リゼットの声はいっそう高くなる。

「や……ヴィクトールさま……わたし、変な感じがして……っ」

耳に届く声の甘さが自分のものだと信じられず、リゼットはそう訴えた。

「おかしなことはない。むしろ、予想よりもずっと愛らしい反応だ」

見下ろすヴィクトールの瞳はどこまでも優しい。彼の言葉に、リゼットは下肢の奥がきゅんと震えるのを感じた。

「あ……っ！」

おもむろに胸の頂を指先できゅうっと摘ままれ、リゼットはたまらず声を上げる。

（や……わたし、どうして……？）

恥ずかしくてたまらない。でも、心のどこかでは、もっと触れてほしいと望んでいる。

リゼットの体が、ヴィクトールに与えられる刺激を悦《よろこ》んでいる。

「媚薬のせいだ、リゼット」

まるで彼女の考えを読み取ったかのように、ヴィクトールがそう言った。

「鋭敏になった感覚に、人の理性は抗えない。君が今、何を考えていようと、それは君自身の望みではない。安心して、私に身を委《ゆだ》ねるといい」

「やぁ……でも、こわ、い……」

「怖いのなら摑まっていろ」

リゼットはヴィクトールの言うとおり、彼の首元に腕を回し、ぎゅうっとしがみついた。

ヴィクトールの手が、丈の長いスカートをするするとたくし上げる。

彼は厳しい面持ちを崩さない。だが、その瞳はどこか情念のようなものを帯びているようにも見えた。

「ヴィクトールさま……あまり、その、見ないで……」

「断る。私は、君の体の状態を確認する必要がある」

「でも……あっ……」

大きな手がほっそりとしたリゼットの素足を撫で上げる。ドロワーズにたどり着いたヴィクトールの指が、固く閉ざされた足の付け根をするりと撫でた。

「ここは、どうなっている？」

問いかける声がどこか楽しげに聞こえるのは気のせいだろうか。答えに困ったリゼットがじっとヴィクトールを見上げると、彼はほんの僅かに口の端を上げ、

「では、確かめてみようか」

ぴったりと閉じた足の片方を摑んだかと思えば、いとも容易《たやす》く持ち上げてしまった。

「あっ……恥ずかし……っ」

リゼットの抗議には構わず、ヴィクトールはドロワーズに覆われた秘部へと指を走らせた。

「濡《ぬ》れているな」

ヴィクトールがクッと喉の奥を震わせるように笑う。

「や、そんな……嘘……っ」

ドロワーズの下から伝わるぬるりとした感触に、リゼットは驚愕を隠せなかった。

「正常な反応だ、リゼット。私の行為に効果が出ているようで嬉しいよ」

「や……でも、だって……」

「君が感じているつらさは、ここを刺激しなければ解消できない」

ヴィクトールの指が布越しに秘所をなぞると、体が跳ねるほどの刺激に襲われる。

「気持ちいいか、リゼット」

「ああ……は……っ」

リゼットはただ、未知の感覚に突き動かされるまま声を上げるばかりだ。

けれど、幾度となく体を揺らす彼女の反応がその答えだとでもいうように、ヴィクトールはますます指の動きを速めていく。

「これではまだ刺激が足りないだろう」

ヴィクトールは手早くリゼットの下肢からドロワーズを抜き取ると、彼女の両足を摑んで強引に開いた。

「きゃっ……！」

外気に触れた秘裂がひくひくと震える。重なった肉襞の奥から蜜がとぷんと零れるのを感じて、リゼットはあまりの恥ずかしさに逃げ出したい衝動に駆られた。

「や……見ないで……」

「必要な行為だ。君の状態を把握しなければ、適切な行いを選択できない」

「そんな……ああっ……」

ヴィクトールの指が溢れる蜜を塗りたくるように秘裂を往復すると、リゼットの体は燃え盛るように熱くなった。

容赦のない愛撫とは裏腹に、ヴィクトールの表情には何の感情も見つけることができない。ただ冷徹に、リゼットの反応を観察している。それが余計に羞恥《しゅうち》を昂らせて。

「や……おねが……触らないで、くださ……っ」

でも、心のどこかでは、ヴィクトールに触れられたいと願っている。

まるで、疼く体にすべて支配されてしまったかのようだ。

「体が変で、こんなの……初めてで……っ、あっ、ああっ……」

「わかっている、すべて薬のせいだ。しかし、随分とよく効くものだな。これは貴族たちを取り締まる必要がありそうだ」

「や、ああっ……あ……っ」

冷静でいて、どこか熱を帯びたヴィクトールの声は、もはやリゼットの耳には届かない。

全身が沸騰しそうなほど熱い。頭が真っ白になって、何も考えられなかった。

互いの唇から漏《も》れる呼吸が熱を帯びて、絡み合って。体も、心も、今この瞬間ですら、熱に浮かされるように溶けていく。

「ヴィクトールさ、ま……っ！」

やがて、ヴィクトールの指が蜜を掬《すく》うようにして敏感な花芯に触れた瞬間、リゼットはひときわ高い悲鳴を上げた。

「やだ……っ、それ、いやです……いやぁ……」

「嫌なのではなくて、気持ちいいのだろう」

リゼットが両手でヴィクトールを押し返そうとしても、彼の体はびくともしない。それどころか、彼の指の動きはますます激しくなっていく。

「存分に感じるといい。君の乱れた姿を目にしているのは、私だけだ」

「そん、な……ああっ……！」

触れられれば触れられるほどに肉の蕾は充血し、ぷっくりと膨れて存在感を増す。

すると、ヴィクトールはますます執拗にそこを愛撫した。まるで楽しんでいるかのようだ。

そんなはずがないとわかっていても、リゼットはそう思わずにはいられない。

「君は、もう少し、自分の価値というものを知った方がいい」

激しい指の動きとは裏腹に淡々としたヴィクトールの声。

「あの男が媚薬を飲ませたということは、君にこういうことを……いや、もっと酷《ひど》いことを

しようと考えていたということだ。わかっているのか？」

「ああっ……わたし、そんなこと、知らなくて……っ」

「君の拒絶には耳も貸さず、こうして……」

ぐり、と敏感な蕾を捏《こ》ね潰されて、リゼットの体が大きく跳ねた。ヴィクトールの腕はそれを容易く押さえつけ、強引に愛撫を続ける。

「君の可愛らしい声と反応を、その愛らしい体を、一晩中堪能しようとした。二度とそのようなことが起こらぬよう、自分の行いに注意を払うことだ」

「や、ああっ！　もういや、やぁ……！」

「リゼット。理解したのなら、きちんと返事をしなさい」

「あ……わかり、ました……これからは、きちんと……気を付けま……っ！　気を付けます、から……ぁ、ああ……っ！」

お願いだから手を止めてほしい。このままではおかしくなってしまう。

リゼットの願いが通じたのか、ヴィクトールはふ、と口の端を持ち上げ、

「いい子だ」

甘さを秘めた声。初めて耳にするその響きが、リゼットの胸を締めつけた。

しかし、その余韻に浸る余裕はない。ヴィクトールの指が、ますます動きを速めたのだ。

「一度達してしまうといい。私がしっかりと見ている」

「ああっ、あ……っ！」

達するとは何のことだろう、などと思う間もなかった。リゼットの体は従順に快楽を拾い続け――やがて、胎の奥から何かがこみ上げてくるのがわかった。

もはや自分の意思では止められない。波のような快感に、呑み込まれてしまう――。

ヴィクトールの首に回した腕に力を込めると、彼は空いた手でリゼットの頭を優しく撫でてくれた。

たったそれだけのことで、ひどく安堵感を覚えて――。

「ヴィクトール様……ああっ、あーっ‼」

縋り付いた相手の名を呼びながら、リゼットは初めての絶頂を迎えたのだった。

二章

「……ゼ、リゼ。聞いているのか、リゼ」

「……は、はいっ！　なんでしょうか、ヴィクトール様っ！」

リゼットが弾かれたように顔を上げると、ヴィクトールは難しい顔をして彼女の手元に視線を向けていた。

「紅茶が零《こぼ》れている」

「あ……きゃあっ！」

ティーポットを傾《かたむ》けたままぼんやりしていたらしい。カップから溢れた紅茶が、銀のトレイの上に溜まり始めている。

「ごめんなさい、すぐに片付けます！」

リゼットは慌ててティーポットを置くと、零した紅茶の片付けを始めた。

媚薬を盛られたリゼットが、ヴィクトールの指で昂《たか》ぶる体を鎮められた夜から三日。

今日も大量の書類に忙殺されているヴィクトールは、いつもどおりの無表情。リゼットに対する態度も冷静沈着そのものだ。

けれど、リゼットは顔もまともに見られないくらい、彼を意識してしまっていた。

リゼットはあれから、媚薬というものが何のために用いられるものなのか、それとなく周囲の使用人に尋ねてみた。すると彼らはその質問に驚きながらも、性の営みについて教えてくれたのだ。

基本的な男女の交合から、貴族たちが夜ごとに繰り広げる淫靡《いんび》な娯楽の一幕まで。あまりにも過激なその内容に真っ赤になっていたら、偶然通りかかった侍女頭に厳しく注意されてしまったのだが――。

（わたしって、すごく世間知らずだったのね……）

何度思い出してもため息が出てしまう。

あの夜、ヴィクトールがあれほどにも念を押した理由が、今なら理解できた。

いくらリゼットを助けるためとはいえ、結果的に媚薬を飲ませた貴族と変わらないような、いやらしい行為を働いてしまうことに抵抗があったのだろう。

ヴィクトールは、優しい。

それをしみじみと感じる一方で、リゼットには焦りもあった。

そもそも、リゼットが使用人として働いているのは、ヴィクトールの側室になりたいからだ。仕事は楽しいし、やりがいもあるが、当初の目的を忘れたことはなかった。

しかし、彼との関係が進展しているとは言い難い。

好きな紅茶の香りだとか、わかりにくく微笑《ほほえ》むことだとか。側《そば》にいることで知られたことはたくさんあったが、それだけだ。

リゼットの考え方からは、それを活用して、どう関係性を深めればいいのかという、根幹的な部分がすっぽりと抜け落ちていたのだ。

こういうとき、本の中で描かれていた恋物語では、お互いがときめくことで恋が始まり、結婚に至る、と書いてあった。

つまり、ヴィクトールの側室になるためには、彼に意識してもらう必要がある——そういうことではないだろうか？

（でも、今は……わたしばっかり、ドキドキしているわ）

零した紅茶の後始末をしながら、心の中だけでため息をつく。

その胸の高鳴りが恋なのかは、リゼットには経験がないのでよくわからない。とはいえ、あれだけたくさん助けてもらって、彼に対する好意を抱かないはずがなかった。

だが、ヴィクトールは？

彼が誰かに胸を高鳴らせるような光景は、とてもではないが想像できない。

（だからって、ここであきらめるわけにはいかない……！）

今日からは、本気でヴィクトールとの距離を縮めなければ。

なんとしても、そのための方法を考える必要がある。

「ヴィクトール様、わたし、紅茶を淹れ直してきますね！」

気合いも十分に、リゼットは執務室を後にするのだった。

＊＊＊

「わたし、紅茶を淹れ直してきますね！」

「ああ。頼む」

どこか張り切った様子で執務室から出て行くリゼットの後ろ姿を、ヴィクトールは何やら考え込むように見つめていた。

（……あれでは、また失敗するのではないか？）

ここ数日、リゼットは様子がおかしい。

もちろん原因はわかっている。あの夜の行為によるものだろう。

（まったく、何故、あんなことをしてしまったのか……）

いくら媚薬の熱に浮かされているとはいえ、おとなしく寝かせておけば薬は抜けたはずなのだ。もちろん、昂ぶる感覚に耐えるのは辛いだろうが、親しいわけでもない異性に生まれたままの姿を晒《さら》すのは、それ以上の苦痛を伴うはずだ。

だというのに、自分は何故、あの娘をより苦しい方へ——快楽の極みと導いてしまったのだろうか。

いくら考えても、その答えは出ないままだ。

（リゼ……いや、リゼットを相手にすると、どうにも調子が狂う）

それは、初対面のときに結婚を迫られたことが原因なのだろうか。それとも、その無知さに危うさを感じるからだろうか。

紅茶を淹れる技術は確かだ。身の回りのことがひととおりできるというのも嘘ではない。使用人の仕事で手が荒れるのを嫌がる様子もなかった。

母である皇后が存命の頃から仕えている侍女頭も、リゼットを高く評価している。とても、ただの王族とは思えない。どんな環境に置かれればああなるのだろうか。

（一度、詳しく調べてみるか）

ヴィクトールは今まで国政から遠ざけられていたため、周辺国家の内部事情に疎《うと》い部分がある。今から情報を集めるのはもちろん、機会があれば、本人にもそれとなく尋ねてみるべきだろう。

（ただでさえ仕事が山積みだというのに、彼女のおかげで考えることが多すぎる）

おまけに、あの純粋無垢さは何なのだろう。従属国から側室として嫁ぐことが何を意味しているのか、本当の意味で理解しているとは思えない。

あの美しさでは求婚者も引く手あまただったろうに、あまりにも男女の機微というものを知らなすぎる。

月の光に照らされたリゼットの白い裸身。ヴィクトールの指の動きに反応する敏感さや、服の上からではわからなかった胸の膨らみの大きさ。感じる声の愛らしさ。

記憶に留めるべきではない。そう理解しているにもかかわらず、彼女の姿がふとした瞬間に脳裏をよぎる。ヴィクトールは小さく首を振った。

（……本当は、父上が亡くなったことを喜ぶべきではないのだろうが）

崩御した前皇帝とヴィクトールは、日頃から対立することが多かった。国家の運営方針の他、女性関係についてもそうだ。

前皇帝は、身罷《みまか》る前日までその精力に衰《おとろ》えひとつ見せなかった。彼のような獣《けもの》にリゼットという無垢な少女が与えられたとしたら――その先は、考えたくもない。

（あの男が亡くなって、ようやく宮殿で泣く女性が減ったと思ったのだが）

リゼットの存在が新たな悩みの種であるのは、紛れもない事実だ。

だが、それも悪くないと思ってしまう。

（……本当に、どうかしている）

ヴィクトールは書類を捲る手を止め、微《かす》かなため息を漏《も》らすのだった。

＊　＊　＊

リゼットが紅茶を淹れ直すために厨房へ向かっていると、廊下の向かいから気の強そうな侍女が歩いてくるのが見えた。

「あら、リゼ。それ、紅茶を零したの？」

「はい、メアリさん。少し、ぼんやりしていて……」

「駄目よ、気を付けないと。あなたがお仕えしているのは、次期皇帝陛下なんだから」

仕方ないわね、と注意してくれるその侍女は、メアリという名前だ。年齢が近いこともあり、リゼットは仕事の合間によく彼女と他愛のない話をしていた。

「でも、あなたが紅茶を淹れるときに失敗するなんて、珍しいこともあるのね。……もし、悩みがあるのなら、相談に乗るわよ」

「本当ですか⁉」

「ええ、任せておきなさい。後輩を助けるのは、先輩としての務めだもの」

メアリは笑顔を浮かべると、胸を張ってそう答える。

なんとも頼もしい言葉に、リゼットはぱっと顔を輝かせ――。

「あの……男の人にドキドキしてもらうには、どうすればいいと思いますか⁉」

その質問に、笑顔を浮かべたままのメアリのこめかみが、ぴくり、と震えた。

「……リゼ！　あなた、仕事中にいったいなにを考えているの!?」

廊下に響くほどの声で、メアリの雷が落ちた。

「……まあ、あなたが真剣に悩んでいるということは、よくわかったわ」

ひとしきりお説教をした後に、メアリはきちんと事情を聞いてくれた。

「ごめんなさい。でも、わたし、こういうことに疎《うと》くて……」

「まったく、しょうがないわね」

しゅんと俯《うつむ》くリゼットに、メアリは呆《あき》れたように肩を竦《すく》める。

「いいわ、相談に乗ってあげる。ただし、今回だけ特別よ」

「ありがとうございます、メアリさん！」

リゼットがぱっと顔を上げると、メアリはその鼻先に人差し指を突き付けた。

「言っておくけれど、あなたのためではなくて、ヴィクトール様のためよ。仕事中に失敗してばかりでは、あの方のご迷惑にしかならないもの」

メアリの言葉には、主人であるヴィクトールへの忠誠心が漲《みなぎ》っていた。

彼女だけではない。離宮に仕える使用人は皆、ヴィクトールへの忠誠心が高い。おそらくは、それこそがここで働くための条件なのだろう。

元々、この離宮は代々の皇后とその子どもが暮らすために作られた場所なのだという。侍女頭など、彼の亡き母の代から仕えていると話していた。

離宮の主である皇后は、ヴィクトールが幼い頃に亡くなった。残された前皇帝は数多くの側室を抱えていたが、その間に子供が産まれることはなかった。

そのため、ヴィクトールはただ一人、皇帝の血を継いだ後継者だった。

皇帝の継嗣といえば順風満帆な人生を想像するものだが、ヴィクトールは領土拡大のための戦争を嫌う穏健派として政治の中枢からは遠ざけられていたらしい。

皇帝亡き後、彼が瞬く間に実権を掌握することができたのは、多くの穏健派の貴族や官僚の協力を取り付けたためだという。

きっと、随分な苦労をしたはずだ。

皇帝の意のままに動くこともできたはずなのに、己の信念を貫き通したのだから。

ただ状況に流されるばかりで、閉じ込められたリゼットとは違う。ヴィクトールは、正面から戦った人間なのだ。

だからこそ、宮殿ではなく、この離宮こそがヴィクトールにとっての家なのだろう。

彼がいつでも落ち着いて過ごせるように、と使用人たちは常に心を砕いているのだ。

「いい、リゼット。殿方の心を摑《つか》むのであれば、ずばり……贈り物よ！」

「贈り物……ですか？」

きっぱりと言い切ったメアリに、リゼットは小さく首を傾《かし》げた。

「そうよ。あなたなら、それがいちばん手っ取り早いわ。だって、侍女としてよく気は回るし、見た目は十分すぎるほど整っているし……そんな娘に贈り物をされたら、どんな男だって舞い上がるほど喜ぶわよ」

「な、なるほど……！」

今まで考えもしなかった方法に、視界がぐんと広がった気がする。

「それで、お相手はどんな方なの？」

メアリにそう尋ねられると、リゼットは相手がヴィクトールであることは言わず、彼の特徴をかいつまんで説明した。使用人の身で主人に贈り物をする、などと言った日には、分不相応だとさらに怒られる気がしたのだ。

「働きづめで疲れている方、ねぇ……。まるで、ヴィクトール様みたいね。まあ、そういう男の方はどこにでもいるけれど」

一瞬ぎくりとしたが、なんとかメアリをごまかせたようだ。

「それなら、街の店に疲労回復に効く紅茶があるって聞いたわよ。それを贈りものにして、あわよくば二人きりでお茶をする……なんて、いいんじゃない？」

たしかに、それならリゼットの紅茶を淹れる技術も活かすことができる。

リゼットは、メアリに尊敬の眼差《まなざ》しを向けた。

「あなた、ここで働き始めてから、まだお休みをいただいていないでしょう。ヴィクトール様にお休みの許可をいただいて、街に買い物に行ってみるのはどう？　もしかしたら、私の提案よりも良いものが見つかるかもしれないし」

「そう……ですね、そうしてみます！　ありがとうございます、メアリさん！」

「構わないわ。あなたが失敗してばかりだと、ヴィクトール様のご迷惑になるもの。悩みごとが減ったのなら、その分、きちんと働きなさい」

「はい、すぐに仕事に戻ります！」

リゼットは意気揚々と頷《うなず》くと、メアリと別れ、ヴィクトールの元に急ぐのだった。

＊　＊　＊

「あの……明日、お休みをいただけませんか？」

紅茶を淹れ直すと、リゼットは緊張した面持ちでそう切り出した。

「それは構わないが……理由を尋ねても？」

「実は、街で買いたいものがあるんです」

何を買いたいのか、聞かれたらどうしよう。うまくごまかせるだろうか。

リゼットははらはらしながら、ヴィクトールの次の言葉を待った。

「リゼ、念のために確認しておきたいのだが」

書類を繰る手を止め、ヴィクトールは傍《かたわ》らに立つリゼットを見上げた。

「……君は、一人で出かけられるのか？」

「それは……」

痛いところを突かれ、リゼットは言葉に詰まる。

王女であるリゼットは、生まれ育った王宮から外に出た経験がほとんどない。特に、ここ数年は城の奥に軟禁されていたに等しく、自分の部屋から出る機会すら限られていた。

「で、でも、大丈夫です！　メアリさんにお店までの地図も書いてもらいましたし！」

「……」

ヴィクトールは黙ったまま、リゼットを見据える。

沈黙が痛い。痛すぎる。

（やっぱり、許可はいただけない……かしら）

自分でも無謀なことを言っているとはわかっている。

しかし、ヴィクトールとの関係を進展させるためだ。ここは譲るわけにはいかなかった。

「私も共に行こう」

「え？」

今、信じられない言葉を耳にした気がする。

「一人で城下に向かわせるのは不安だ。だからといって、ここで私が駄目だと言ったところで、君は勝手に出て行きかねない」

リゼットには返す言葉がない。実のところ、その選択肢も考えていたからだ。――今のところは、考えていただけ、だが。

「君が無謀な行いに出るのは賛成できない。だが……私もちょうど、城下の視察に行きたいと思っていたところだ」

「あ……ありがとうございます！」

「礼を言う必要はない。これはただ、利害が一致したに過ぎないのだから」

そうは言うものの、ヴィクトールの目元がふ、と和んだのをリゼットは見逃さない。

こういう人柄だからこそ、周囲の使用人にもあれだけ慕われているのだろう。

ヴィクトールの優しさに触れられたことが嬉しい。リゼットは、自然と笑みが浮かぶのを感じるのだった。

＊＊＊

帝国首都ガイストは、大陸でもっとも洗練した美しさを持つ都市として名高い。

白を基調とした壮麗な宮殿に対し、色とりどりの屋根が並ぶ街並みは大陸の虹と例えられる。石畳が敷かれた大通りには様々な店が並び、多くの人の姿で溢れていた。

意匠の凝らされた看板や、賑やかな呼び込みの声。輿入れの際、その光景は馬車の窓から目にしていたものの、こうして実際に自分の足で歩いてみると、賑《にぎ》わいに圧倒されるばかりだ。

目に映る何もかもが物珍しく、リゼットはあちこちを見回していた。が、すぐにはっと我に返り、懐から地図を出す。

「ええと……」

地図を広げたところで、リゼットは固まってしまった。手書きの地図は丁寧に書かれていたが、街歩きが初めての人間が見るにはあまりにも難易度が高かったのだ。

「……貸してみろ」

呆れた声。後ろから伸びた手が、ひょいと地図を奪っていく。

「あ……その、ありがとうございます」

リゼットはおそるおそる振り返り、背後に立つヴィクトールを見上げた。

今日のヴィクトールは街歩きに馴染《なじ》むよう、シンプルなシャツに黒色のコート、同色のトラウザーズという出で立ちだ。コートの裾には金糸の刺繍が施され、彼の黄金の髪とよく調和している。

対するリゼットは若草色のワンピースに焦げ茶色のブーツを履き、肩からクリーム色のストールを羽織っていた。

どれもリゼットの持ち物ではない。ヴィクトールの視察に同行すると話したら、使用人仲間が用意してくれたのだった。メアリなど、気合いを入れてリゼットの銀の髪を編み込みのハーフアップに仕上げてくれたほどだ。

「行くぞ、リゼ」

「あ、はいっ！」

地図を片手に歩き出すヴィクトールを、リゼットは慌てて追いかけた。

「あの、今さらですが、わたしの用事が先でいいんですか？」

「私の視察に明確な目的地はないのでな。君に合わせる」

「わかりました。ありがとうございます、ヴィクトール様！」

「礼を言う必要はないと、昨日も言ったはずだが」

無表情でそう返すヴィクトールの横を、リゼットはにこにこと嬉しそうに歩く。

「帝都はすごい街ですね。初めて見るものばかりで目が回りそうです！」

「そうか」

ヴィクトールはあまり口数が多い方ではない。それでも、リゼットが物珍しそうに何かを眺《なが》めていると、言葉少なではあるが簡単な解説をしてくれた。

（もしかして……これ、男女の逢瀬というものなのかしら）

贈り物だとか、ヴィクトールの視察の同行だとかに気を取られすぎて、今までそのことに考えが至らなかった。

つまり、この外出自体、リゼットにとってはまたとないチャンスなのだ。

そう考えると、急に心臓が早鐘を打ち始める。

（ヴィクトール様も、もしかして、わたしのことを意識してくれたりして……？）

ちらりと様子を窺《うかが》うものの、ヴィクトールは手元の地図と道を確認するばかりで、リゼットを気にしているそぶりはない。

こうなれば、もっと積極的に話しかけてみるべきだろうか。

「あの、ヴィクトール様……」

「次はこちらを曲がる」

リゼットが言いかけたところで、ヴィクトールは通りの横に伸びる道へ曲がった。

慌てて後を追うと、開放的な雰囲気《ふんいき》だった大通りから一転、細い路地が入り組む、複雑な街並みが姿を現した。

「雑貨屋は、この通りにあるようだ。……君を一人で街に送り出さなかったのは、やはり正解だったな」

「……そうですね。間違いなく迷っていたと思います」

何故だか少し楽しげなヴィクトールの声に、リゼットはおとなしく頷くしかない。

逢瀬を楽しむ以前に、迷子になるわけにはいかない。ヴィクトールからはぐれないように一層の注意を払い、リゼットは細い道を進んでいく。

すると、不意に子供の泣き声が聞こえてきた。

あたりを見回すと、道の端で泣いている男の子の姿を見つけた。五、六歳くらいだろうか。

あたりに親の姿は見えない。

「大変……！」

リゼットは慌てて子どもに駆け寄ると、目線を合わせるようにしゃがみ込んだ。

「大丈夫？　お母さんとはぐれてしまったの？」

男の子は、このあたりの店に母親と買い物に来ているらしい。母親を待っている間に店の周りを探検していたところ、もと来た道がわからなくなってしまったようだ。

「泣かないで、大丈夫よ。お姉さんが一緒にお母さんを探してあげる」

泣きじゃくる子どもを放っておくわけにはいかない。

リゼットはその小さな手をきゅっと握り、安心させるように笑った。

「迷子か」

気づけばヴィクトールもリゼットの背後に立ち、子どもを見下ろしている。

すると、彼を見上げた子どもがますます激しく泣き出した。

「どうした、何故泣く」

まったく理由がわからない、といった様子のヴィクトールに、リゼットはたまらず噴き出してしまった。

幼い子どもの目から見ると、ヴィクトールの無表情は迫力があったのだろう。けれど、本人にはその自覚がまったくないのだ。

「大丈夫よ。この方は、顔は少し怖いかもしれないけれど、とっても優しい方だから」

「顔が怖い、だと……？」

困惑するヴィクトールをよそに、リゼットは子どもと手を繋いで歩き出した。

「ヴィクトール様、少し待っていてもらえますか。わたし、この子の親御さんを探してきます」

「待て、私も行く」

ヴィクトールはすぐさま、リゼットの横に並び、一緒に歩き始めた。

「でも……」

「君まで迷子になられては困る」

そう言われてしまうと、返す言葉が見つからない。

「そもそも、国民を助けるのは、本来は私の務めだ」

「……では、頼りにさせていただきますね」

相変わらずの無表情とは裏腹に、ほんの僅《わず》かではあるが、柔らかな響きを帯びたヴィクトールの声。

一見するとわかりづらい、彼の優しさ。またひとつ、それに気付けたことが嬉しくて、リゼットはふわりと微笑みを返すのだった。

＊　＊　＊

迷子の子どもの親探しは思いがけず難航した。

原因はふたつある。まずはとにかく通りを歩く人の数が多いこと。これでは、もし誰かが子どものことを探していても、人ごみに紛れて見逃してしまう可能性が高い。

もうひとつの原因は、周辺の道が入り組んでいることにある。

なんでも、このあたりは首都の中でも特に古い区画であるらしい。そのため、計画的に整備された大通りとは異なり、猥雑な街並みが残っていると、ヴィクトールが説明してくれた。元来た道がわからず、迷子になってしまったのはそのせいだろう。

(困ったわ……)

子どもの手を引きながら、リゼットは内心で途方に暮れてしまった。

今頃、子どもの親もこちらを探しているはずだ。うろうろしていると行き違いになる可能性があるし、かといって一箇所に留まっていると通行人に紛れてしまい、こちらを見つけられないかもしれない。

悩む気持ちが伝わったのか、子どもはリゼットを不安そうに見上げる。安心させるようにあえて明るく笑みを作るものの、問題の解決策は見つからない。

（なんとしても、この子のお母さんを見つけてあげなきゃいけないのに……！）

湧き上がる義務感が心を締めつける。リゼットが困り切っていると、ヴィクトールは子どもを抱き上げ、軽々と肩車した。

「わぁっ……！」

視界が一気に広がったためか、不安そうだった子どもの顔が一瞬で明るくなる。

「どうだ、どこかに見覚えのあるものはあるか」

「ええっと……」

心なしか、ヴィクトールの声の響きはいつもよりも優しい。肩車をしてもらった子どももすっかり元気な様子できょろきょろとあたりを見回している。

そうしていると、二人の姿はまるで親子のようだ。となると、リゼットはさながら母親だろうか。そんなことを想像して、つい頬を赤らめてしまう。

（いけない、しっかりしなきゃ）

リゼットは背筋を伸ばし、改めて周囲に目を配らせた。

二人の努力の甲斐あってか、それからすぐに子どもの親は見つかった。

安堵のあまり泣きじゃくる子どもと、何度も頭を下げて感謝を示す母親をねぎらい、ヴィクトールとリゼットはその場を後にした。

「無事にお母さんが見つかってよかったですね、ヴィクトール様」

ひと仕事を終え、リゼットは安堵の笑みを浮かべ、横を歩くヴィクトールを見上げた。

「ふむ……旧市街の再開発も、いつかは着手する必要があるか……？」

ヴィクトールは難しい顔でそう呟《つぶや》いている。迷子の世話のような何気ないトラブルであっても、次代の皇帝にとっては国民の生活を守るための重要な関心事項のようだ。

その真剣さがどこか可愛らしくて、リゼットはくすくすと笑ってしまう。

「何を笑っている」

「いえ、その……ヴィクトール様は本当に真面目な方だな、と思って。まさか、肩車までしてくださるなんて思いませんでした」

あの親子はヴィクトールが次代の皇帝だと気付く様子はなかった。きっと、戴冠式を迎えた時に彼の姿を見て驚くはずだ。その光景を想像すると微笑ましいものがある。

「顔が怖いと言われたからな。見せないようにしたままでだ」

そう話すヴィクトールはどこか拗《す》ねた口ぶりで、リゼットの何気ない一言をそれほどに気にしているのかと思うと申し訳ない反面、ますます可愛らしく思えてしまう。

「君の方こそ、あの子どもを随分と気にかけていた様子だったが」

「……どうして、そう思われたのですか？」

思いがけない質問に、リゼットの足が止まる。

「君には、弟がいると聞いているからな」

「たしかに……そう、かもしれません」

自分でも気が付いていなかったが——言われてみれば、必要以上の義務感に駆られていたかもしれない。

「弟とは、仲がよかったのか？」

「……弟とは、ほとんど話したことがありません。もしかしたら、わたしの顔すら、覚えていないでしょう」

正直に答えるべきか悩んだが、リゼットはありのままを話すことにした。

楽しい話題からは程遠いが、ヴィクトール相手に誤魔化しきれるとは思えない。

気を遣わせないようにとわざと明るい声音を作ったものの、リゼットの努力も空《むな》しく、ヴィクトールの表情は苦々しいものへと変わる。

「……どういうことだ」

「わたしの実母が亡くなっていることはご存じですか？」

「ああ。今の王妃は後添えということだったな。病を得た国王の代理として、政務を担っているとも聞いている」

「そのとおりです。……ですが、祖父のアヴニール侯爵は、わたしを王族として立てることでお義母様から権力を奪おうとしました」

リゼットは冷静に、事実だけを口にしていく。

「わたしの存在は、国政の安定を脅かすもの。……お義母様にとっては、邪魔者でしかありません。だから、ここ数年はずっと王宮の奥で閉じ込められるように暮らしていました」

使用人のほとんどを外されたこと。けれど、亡き実母を慕う使用人たちがリゼットを助け、様々なことを教えてくれたこと。

「ですから、シュヴェルト帝国への輿入れは、お義母様にとってはまたとない機会だったのです。邪魔なわたしを国外に送り出し、強国と縁を結ぶことができますから」

ヴィクトールの眉間に刻まれた皺が、次第に深くなっていくのがわかった。

「……それは、クロンヌ国王、君の父上も同意の上でのことか」

リゼットは頷く。と、不意にずきりと胸が痛むのを感じた。義母から受けた扱いは冷静に話せるのに、不思議なものだ。

「父には、話していません。……病状が重く、ひどく弱っているのです。これ以上の負担はかけられません」

「そうか。……すまない、嫌な話をさせたな」

「いいえ、本当のことですもの」

「だが」

「だからこそ、わたしはヴィクトール様に感謝しているんですよ！」

なおも何かを言い募ろうとするヴィクトールを遮《さえぎ》るように、リゼットは今度こそ明るい笑みを浮かべてみせた。

「輿入れを望んだわたしを問答無用で追い返さず、客人として滞在を許してくれました。今は、侍女として働かせてもらっています。おかげで、国にいた頃よりもずっと毎日が楽しいんです！　……できることなら、ずっとこんな日々が続いてほしいくらい」

「リゼット……」

「そろそろ行きましょう。あまりゆっくりしていると、視察の時間が足りなくなってしまいますよ！」

何かを言いたげなヴィクトールに気づいていたものの、リゼットはわざと何事もなかったかのようにそう促す。

でも、内心では。

（……厄介者を押し付けられた、と思われたかもしれない）

今の話を聞けば、リゼットと結婚する利点なんて、何もないとわかる。

（ヴィクトール様が、それだけで判断する方だとは思えないけれど……）

悪い意味で意識されてしまったのではないだろうか。

これでは、彼の側室になるなど、夢のまた夢だ。

けれど。気持ちが憂鬱になったのは、それだけが理由ではない気がした。

＊　＊　＊

親子と別れた場所から少し歩くと、やがて目的地である雑貨屋が見えてきた。

赤いレンガ造りの外観に、渡り鳥が描かれた看板。メアリの話によれば、帝国の内外を問わず、珍しいものを多く仕入れている店とのことだったが——店内に足を踏み入れてみると、たしかに、棚に並ぶのは見たこともないものばかりだった。

繊細なビーズ細工の小物入れや、クロシェレースのストールを肩から羽織ったビスクドール。小さな薔薇《ばら》が描かれたティーカップもある。赤いリボンが結ばれた小さな瓶には花の形をした色とりどりの飴が詰められて、窓から差し込む光に反射して微かなきらめきを放っていた。

特に目を惹《ひ》かれたのは、花々を飛び回る蝶《ちょう》の細工が施された銀の櫛だった。

（素敵……）

リゼットはうっとりと目を細める。

この店はまるで、幼い頃に憧れていた母親の宝石箱のようだ。先ほどのやりとりで少し沈んでいた気持ちが、あっという間に浮上していくのを感じる。

好奇心を抑えきれずに店内を見回していたリゼットだったが、すぐにはっと我に返り、目的の茶葉を購入する。

「ヴィクトール様、お待たせしました」

買い物を済ませると、リゼットは急いで店の外で待つヴィクトールの元へと戻った。

「もう済んだか。色々と興味があるようだったが」

「はい、目的のものは買えましたから！」

リゼットは手にした紙袋を、ヴィクトールに差し出した。簡単ではあるが、贈り物用にとリボンを結んでもらっている。

「……これは？」

「疲労回復に効くという紅茶です。ヴィクトール様はいつもお忙しそうにしているので、役に立つかな、と思いまして」

「そうではない。君は、私への贈り物を買うためにここまで来たのか、と尋ねている」

「はい。そうですよ？」

それがどうしたのだろう、とリゼットは不思議そうにヴィクトールを見つめた。

「……もしかして、ご迷惑でしたか⁉」

贈り物作戦はかえって逆効果だっただろうか、とリゼットは慌てた。

先ほど、あまり気分のよくない話を聞かせてしまったことだし、ここでヴィクトールがリゼットに抱く心情を挽回できれば……と思ったのだが。

「いや、そういうわけではない。……私の元で働いて得た給金を、わざわざ私のために使う必要はない。この店には、君のような若い女性が好むものも多かっただろう？」

「たしかに、素敵なものはたくさんありましたけど……」

ヴィクトールへの贈り物作戦のことばかりを考えていたせいか、自分のためになにかを買うことなんて、考えもしなかった。

するとヴィクトールは不意に目を細め、

「……少し待っていろ」

そう言い残し、店の中に入っていく。

やがて、戻ってきたヴィクトールの手には、リゼットが買い物をしたときと同じく、ラッピングされた紙袋があった。

「これを」

短くそう言うと、ヴィクトールは紙袋をリゼットに差し出した。

「贈り物を受け取ったからには、それに見合うものを返さなければいけない。それに、君は使用人としてよく働いてくれている。これは、その礼だ」

「そ、そんな……受け取れません！」

「何故だ？　先に渡してきたのは君の方だろう」

「それは……」

たぶん、受け取るのが正しい対応なのだと思う。

贈り物をくれるということは、ヴィクトールがリゼットを意識してくれたということなのだから。

けれど、どうしても手が動かなかった。

リゼットは、自分の目的のためだけに贈り物をした。

けれど、ヴィクトールには——この贈り物には、感謝の気持ちが込められている。

その気持ちを受け取る資格が、今のリゼットにはない。そう感じたのだ。

「とにかく、これは君のために買ったものだ。受け取ってもらえないというのであれば、捨ててしまうほかないが……」

ヴィクトールは、手にした紙袋を無造作に手放そうとする。

「そ、それは駄目です！」

「では、受け取ってくれるな？」

リゼットが慌てると、ヴィクトールは微かに目元を和ませ、再び紙袋を差し出した。

なんだか、見事に乗せられてしまった気がする。

おそるおそる紙袋を受け取るリゼットを見て、ヴィクトールはふ、と口の端を上げた。

「やはり、君は変わっているな」

「な、なんですか、いきなり」

「私に贈り物をしておきながら、自分は受け取れないと固辞する。側室になりたいと迫っておきながら、楽しそうに使用人の仕事をしている。君の淹れる紅茶は、他の誰よりも美味い……私には、まったく理解できないことばかりだ」

だが――と、ヴィクトールは不意に口の端を持ち上げ、微かな笑みを浮かべた。

「それが好ましいと思う。君がそばにいるのは、意外と悪くない」

ヴィクトールはなんでもないようにそう言うと、再び道を歩き出した。

（ええと……今の、どういう意味で、ヴィクトール様は……）

呆気に取られたリゼットが、ぼんやりとその背中を眺《なが》めていると、

「何をしている。置いていくぞ」

「は、はい……っ！」

そう急かされて、リゼットは慌てて彼の後を追おうとした。しかし、走りだそうとしたはずみに、紙袋を落としかけてしまう。

間一髪でそれを手に取ると、袋の中からきらめくものが滑るように現れた。

（えっ……？）

それは、リゼットが先ほど目に留めた銀の櫛だった。

ヴィクトールは店内に入らず、外で待っていたはずなのに。窓越しに、リゼットの様子を

見ていてくれたのだろうか。

でも、この櫛に目を留めていたのは、ほんの僅かな間だったはずなのに。

そのことに気付くくらい、リゼットを見てくれている。――そういうこと、なのだろうか？

リゼットは櫛を紙袋に戻すと、それを大切に抱えてヴィクトールを追いかける。

心臓が、子兎のように跳ねている。ひどくくすぐったい気持ちだ。

（やっぱり、わたしばかりがドキドキしている気がする）

ヴィクトールはずるい。でも、それは決して不快な感覚ではなくて――。

どうしてだろう、と考えた瞬間。

「……あ」

「なんだ、いきなり」

「いえ、なんでもありません」

慌ててごまかすように俯《うつむ》くと、リゼットは何度も目を瞬かせる。

わかってしまった。何度も胸が高鳴る理由も――さっき、ヴィクトールが悪印象を抱いたのではないかと思ったとき、あんなに気持ちが落ち込んだ理由も。

恋をしているから、だ。

側室とか、使用人とか、そういうことをすべて抜きにして、リゼットはヴィクトールのことを異性として好きになってしまったのだ。

それほどまでに好意が膨らんでいたことに、自分でも気付いていなかった。

きっと、自分の気持ちは置き去りにして、目的ばかりに目を向けていたのだろう。

（わたしは……ヴィクトール様のことが、好き……）

初めて自覚したその気持ちに、リゼットは、胸の中に温かなものが宿った気がした。

＊　＊　＊

買い物を終えた後、リゼットはヴィクトールに連れられるまま、首都のあちこちへと足を運んだ。

大きな商会が集まる区画や、庶民が買い物に使う市場。首都の西門に通じる道には、国内のみならず外国から訪れた珍しい作りの馬車が停まっている。

「ヴィクトール様、あちらの馬車に積まれているものは何ですか？」

「南の国から運ばれてきた果物だな。現地ではサラダに使うそうだ。隣の野菜は……」

リゼットが何かを尋ねると、ヴィクトールは必ず丁寧な答えを返してくれた。

「ヴィクトール様は皇帝になるために勉強なさったから、そのように博識なのですか？」

「それもあるが……父は何かと、私を中央から遠ざけようとしていたからな。地方のあちこちに赴任していたら、自然と覚えたことの方が大きい。先ほどの果物など、実ったものを直接収穫したこともある」

「では、南のオラン王国にまで行かれたことがあるのですか？」

リゼットは目を丸くした。オラン王国はクロンヌ王国の隣国だ。リゼットにとっては比較的親しみのある国だが、帝国から見れば立派な辺境だった。

「オラン王国だけではない。北の雪原に東の湖沼地帯……主要な国境地帯はほとんど行っているかもしれないな」

「失礼ですけど……それだけお聞きすると、ヴィクトール様はまるで冒険家みたいですね」

「冒険家か。まあ、違いない」

つい、思ったままを口にしたリゼットへ、ヴィクトールは肩を竦めてみせる。

「ところで、ヴィクトール様には、見たいものはないのですか？　なんだか、わたしの見たいものばかりを見せてもらっているような気がするんですけれど……」

「それで構わない。リゼの視点が加わることで、私にも新しい発見がある」

他に気になるものはあるか、と尋ねるヴィクトールの声は穏やかだ。

その厚意に甘え、リゼットは街歩きを楽しむことにした。

すれ違う人々の顔は皆明るい。それだけ皆、豊かな暮らしを送っているのだろう。

しかし、気のせいだろうか。彼らを見つめるヴィクトールの顔は、どこか寂しく、悲しそうに見える。

と、そのとき。ヴィクトールの様子に気を取られたリゼットは、通行人にぶつかって姿勢を崩しそうになってしまった。

リゼットを支えたのは、横から伸びた力強い腕。

「大丈夫か」

「は、はい……」

思いがけず抱き留められるような格好になってしまった。

先ほど、ヴィクトールのことを好きだと意識してしまったリゼットにとって、この体勢はあまりにも刺激が強すぎる。

間近で感じるヴィクトールの逞《たくま》しさに、リゼットは顔を真っ赤に染めた。

「すまない。君の体力に気を払わず、あちこち連れ回してしまったな」

赤い顔のリゼットを疲れていると誤解したのか、ヴィクトールはそう気遣ってくれた。

「向こうに公園がある。そこで、少し休憩していこう」

違う、というよりも先に提案され、リゼットはヴィクトールに連れられるまま、道を進む。

すると、整然と並ぶ建物が不意に途切れ、緑豊かな景色が現れた。

そこは、小さな池を囲むように作られた広い公園だった。

生け垣はよく手入れされ、アーチ状の門に這わせるように植えられているつる薔薇が可憐《かれん》な花を咲かせている。

都に住む人々の憩いの場として用いられているのだろう。生け垣で囲われた小路を、小さな子どもを連れた家族連れや、仲睦まじい男女が幸せそうに歩いている。石造りの東屋《あずまや》でのんびりと休憩する老夫婦の姿もあった。

小さな池の中央には高く水を吹き上げる噴水が設置されている。見るものの目を楽しませると同時に、有事の際の水源として用いられるのだ、とヴィクトールが簡潔に説明してくれた。

リゼットは池のほとりにある木製のベンチに案内され、腰を下ろす。

すると、ヴィクトールはすぐに彼女を置いてどこかへ向かおうとした。

「あの、ヴィクトール様、どちらに行かれるんですか？」

「飲み物を買ってくる。リゼはそこで待っていろ」

少し不安になったリゼットがそう尋ねると、ヴィクトールはそう答えるなり、早足でどこかに行ってしまった。

やがて、戻ってきたヴィクトールは、飲み物の入った瓶と小さな紙袋をリゼットに手渡した。瓶の中身は酸味のある果実水。紙袋の中にはパイ生地を使った焼き菓子が入っているのだという。

「若い娘の間で流行《はや》っているらしい。味の感想を聞かせてくれるか」

リゼットに果実水の瓶を手渡すと、ヴィクトールはもう一本の瓶に口を付けた。

「あ、ありがとうございます……」

リゼットは戸惑いながらも、彼と同じように果実水を飲んでみた。瓶に直接口を付けることは行儀が悪いと昔から教わっていたので、少しだけ緊張してしまう。

けれど、そんな気持ちが吹き飛んでしまうくらい、果実水は美味しかった。少し酸味が強いけれど、その爽やかさが心地よく、体中に染み渡っていく。

どうやら、気付かないうちにひどく疲れていたらしい。

「美味しいか？　……まあ、顔を見ればわかるが」

リゼットがほわ、と安らいだ笑みを浮かべると、それを見たヴィクトールが口の端を上げるように微笑を浮かべた。声の感じも、どこか楽しそうだ。

「わたし、そんなにわかりやすい顔をしていますか？」

「ああ。おかげで、とても参考になる。次はその焼き菓子を食べてみてくれるか」

リゼットは言われるがまま、焼き菓子を食べてみる。口の中に軽やかな食感が響き、優しい甘さが染み渡るようだ。ときどき、ざらざらした砂糖の感触が舌に触れるのが、いいアクセントになっている。

「美味しい……」

リゼットがうっとりとそう呟くと、ヴィクトールがふ、と噴き出したのがわかった。

（今の、もしかして、笑って……⁉）

いつものヴィクトールにあるまじき感情の発露だった。

（わたし、そんなに変な顔をしていたのかしら……）

リゼットは驚けばいいのか、それとも笑われたことを恥じらえばいいのか、なんとも複雑な気持ちで彼をじっと見つめてしまう。

「君は、本当に表情が豊かだな」

ヴィクトールは喉の奥を微かに震わせるようにして笑っていたが——不意に、ぽん、と大きな手でリゼットの頭を撫《な》でた。

「あ……」

ぽっ、と頬に熱が灯った気がした。いや、頬だけではない。全身が熱い。

ヴィクトールの知らなかった一面を知れたり、見たことのない顔を見たり、贈り物を貰ったり——なんだか、今日は初めてのことばかりだ。

これではまるで、本当に、恋物語の中に出てくる逢瀬のようだ。

（……わたし、やっぱり、ヴィクトール様の側室になりたい）

ふと、そう感じて、胸が痛くなった。

だけどそれは、国に帰りたくないから、という自分の身を守るための理由ではない。ただ、ヴィクトールのそばにいたいだけなのだ。

けれど、それを拒否されたら？

側室になることを拒否されて、使用人として仕えることも断られる日が来たら？

――考えるだけでも、耐えられない。

「……どうかしたのか」

不思議そうなヴィクトールの声に、リゼットは曖昧《あいまい》に微笑んで首を振る。

愛されたい、正妃になりたい――なんて、そんな分不相応なことは望まない。

（だから……この気持ちだけは、どうか、許してください）

リゼットは、密かにそう祈るのだった。

＊＊＊

公園で休んでいるうちに、空が茜色《あかねいろ》に染まり始めた。

「そろそろ帰るとしよう。歩けないのであれば馬車を呼ぶが、どうする？」

「ゆっくり休んだので、大丈夫です」

「では、歩いて帰ろう。その方が、色々と見るのにちょうどいい」

二人は公園から宮殿へと向かう道を、のんびりと歩いて帰ることにした。

先ほどまで道を駆けまわっていた子どもたちが別れを告げる声。食事の支度をしている家々から立ち上る、細い煙。屋台の売り子が商品を片付け、商館の小間使いが店先の掃き掃除をしている。

　表通りが暮れなずむ空気に染まっていく一方で、酒場と思しき建物の中からは、賑やかな声が聞こえてきた。

　一日の仕事を終えた民や、遠くからはるばるやってきた行商人が酒を片手に集まる光景を、リゼットは想像する。きっと、夜は彼らの憩いの時間だ。

　街の人々は、穏やかで、平和な時間が続いていくと、皆、信じてやまない。

　にもかかわらず、隣を歩くヴィクトールは、どこか沈んだ雰囲気を纏《まと》っていた。

「……ヴィクトール様は、どうしてそんなに悲しそうなのですか?」

　思えば、昼の街の様子を見ていたときも、同じような目をしていた。

「街の方は、幸せそうに暮らしています。なのに、気になることがあるのですか?」

　振り向いたヴィクトールが、微かに目を瞠った。

「……悲しい、か。まさか、私にそのようなことを言う者が現れるとは」

「あの、勘違いだったらごめんなさい。でも……」

「いや、君の言うとおりだ」

　ふ、とヴィクトールが口の端を持ち上げた。

「私が何を考えているのか、君にはわかるのだな」

「そう、ですね……。たしかに、ヴィクトール様は気難しいお顔をしていることが多いです。でも、そばで見ていれば、なんとなくはわかるようになりました」

きっと、出会ってからずっと、彼のことを見つめていたからだろう。

はっきりと表情には出なくても、悲しいときは沈むように、楽しいときは弾むようにと身に纏う雰囲気が変わる。

「君は貴重な人材だな。なにしろこのとおり、表情を作るのは不得手な質《たち》だ」

と、ヴィクトールは自分の顔を指し示し、皮肉げに肩を竦めた。

「私が領土拡大のための戦争に反対していることは、既に？」

リゼットが頷くと、ヴィクトールも頷き返す。

「我が国の繁栄は戦争によってもたらされたものだ。私は次代の皇帝として、それに代わるだけの豊かさを彼らに約束せねばならない。……だが、時おり、本当にそれが可能なのかと悩むことがある」

淡々とした言葉の中にずしりとのしかかる、上に立つ者としての責任と矜持。

その言葉の重さに、リゼットは黙り込むしかない。

「……すまない。こんな話をするつもりはなかったのだが」

「いえ、わたし、ヴィクトール様がそのように悩んでいるとは、知らなくて……」

短い間ではあるが、リゼットは彼の仕事ぶりを近くで見てきた。

自らの理想に対し、迷うことなく邁進するその姿を目にし、ただ流されただけの自分とは違う、と尊敬と憧れを抱いていた。

だが、迷いはなくとも、悩むことはあるのだ。考えてみれば当然のことだった。

リゼットはいつの間にか、ヴィクトールの強さを過信していたのかもしれない。

「あの！　わたしにできることなら、なんでも言ってくださいね。お疲れなら、先ほどの紅茶をとびきり美味しくお淹れしますし、お掃除も頑張ります！　それから……」

なんとかヴィクトールを元気づけたくて、リゼットは必死に言葉を重ねる。

すると、彼はふ、と優しく目を細めて。

「……その気持ちは、ありがたく受け取っておく」

ヴィクトールの眼差しはどこまでも優しくて、リゼットの胸はせつなく締め付けられる。

自分は他国の人間で、歓迎されていない客人で、一方的に押しかけてきた側室候補にすぎなくて――なのに、こんなにも優しくしてもらえるなんて。

ヴィクトールを知れば知るほど、ずっとそばにいたいと思う気持ちは膨らむ一方だ。

「あの、ヴィクトール様……」

お礼を言いたいのはリゼットの方だ、と口を開きかけた、そのとき。

「見つけたぞ、大罪人ヴィクトール‼」

荒々しく乱暴な声が、夕暮れのざわめきを帯びた大通りに響き渡る。

間髪入れず、脇道から粗野な雰囲気の男が飛び出し、ヴィクトールへと迫った。

その手に光るのは、鈍いきらめき。

「……っ！」

突然の事態にもかかわらず、ヴィクトールはリゼットを庇《かば》うように抱きしめると、男の突進をその背に受けた。

「ぐっ……！」

「ヴィクトール様……⁉」

苦悶の呟きを漏《も》らすヴィクトールを見上げようとしても、広い胸にがっちりと抱き留められ、リゼットは身動きひとつできない。

「……やった、俺はやった！　やったぞ‼」

粗野な男の声が、快哉を叫《さけ》ぶのが聞こえ——同時に、ヴィクトールの体が、力なくリゼットへもたれかかった。

「ヴィクトール様……ヴィクトール様⁉」

返事はなかった。ただ弱々しい呼吸音だけが耳に届く。

細い両腕にどれだけの力を込めても、崩れ落ちていく彼を支えることができない。

——間もなく、騒ぎを聞きつけた衛兵によって暴漢は拘束された。

ヴィクトールが衛兵によって運ばれていく。そのとき初めて、リゼットは石畳に赤黒い染みが落ちていることに気づいた。

これは、血だ。ヴィクトールを襲った男はナイフを手にしていたのだ。

(わたしを庇わなければ、きっと、逃げられた)

少なくとも、無抵抗のまま刺されるような事態にはならなかったはずだ。

(わたしのせいで、ヴィクトール様が……!)

足が震えて立っていられず、リゼットはその場にへたり込む。

まるで、悪夢のようだと思った。

けれど、これは現実だ。どれだけ嘆いても、時間は戻らない——。

衛兵に運ばれ、遠ざかっていくヴィクトールの姿が、溢れ出る涙に歪《ゆが》んだ。

＊＊＊

ヴィクトールは素早く宮殿の医務室に運ばれた。

一方、リゼットは新入りの使用人だったため、犯行への関与を疑われたが、それも間もなく解放された。なんでも、ヴィクトールが運ばれている最中、直々に身元を保証してくれたらしい。

あの状況であれば、リゼットの関与を疑ってもおかしくはない。けれど、彼はリゼットが無関係だと信じて疑わなかったのだ。

その信頼が、かえってリゼットにはつらかった。

（わたしのことよりも、ご自分のことを考えてほしいのに……）

しばらくして、診療を終えたヴィクトールが離宮に運ばれてきた。

医師によれば、命に別状はないということだった。刃物による傷は浅く、内臓などの重要な場所には及んでいないらしい。

ヴィクトールは軍での訓練経験を持つ。おそらくはそれを活かし、刃を受ける位置を自ら選んだのだろうとのことだった。

とはいえ、傷を負ったことには変わりない。しばらくは絶対安静で様子を見ることが必要となる。

「わたしに、ヴィクトール様の看病をさせてください」

リゼットは自ら、昼夜を問わず彼の世話をすることを申し出た。

「お願いします。ヴィクトール様は、わたしを庇って傷を負ったんです。わたしがいなければ、逃げることだってできたはずなのに……」

震える声でそう話すリゼットの瞳には、こらえきれない涙が浮かんでいる。

その決意と、覚悟の程を買われ、リゼットは夜通しヴィクトールの看病に当たることを許されたのだった。

ヴィクトールはその日の夜から、外傷による高熱で苦しむこととなった。

朦朧《もうろう》とする意識と浅い眠りを行き来する彼のそばで、リゼットは献身的な看病を続けた。

冷たい水で濡《ぬ》らした布を額に置き、額や首元に浮かんだ汗を拭《ぬぐ》う。手が荒れることも気にせずに、何度も布を絞っては繰り返す。

意識のはっきりしないヴィクトールに水を求められれば、深夜であっても水差しの吸い口を含ませ、彼が穏やかに眠っていても、決して同じように眠ることはなかった。

寝ずの番は、三日三晩続いた。メアリを始めとした使用人仲間が見かねて交代を申し出ても、リゼットは決して、首を縦に振ろうとはしなかった。

「これは、わたしの仕事ですから」

誰に何を言われても、それがリゼットの答えだった。

（わたしが、ヴィクトール様にお返しできるのは、こんなことだけしかない）

自分がどうなっても構わない。ただ、彼の苦しみを少しでも多く取り除きたい。

切実な願いだけを抱えて、リゼットは熱にうなされるヴィクトールを見つめていた。

＊　＊　＊

体が熱い。吐《は》く息はまるで炎のようだ。

焼けるように痛む体が半ば夢に落ちたままの意識を苦しめる。

──そんな夜が、いくつ続いたのだろう。

ヴィクトールが不意に目覚めたとき、部屋の中にはすっかり夜の帳《とばり》が下りていた。

あたりを包み込む静謐さ。使用人たちは皆、休んだ後だろうか。

（私は……あれから……）

ひとつずつ、これまでのことを思い返す。

暴漢に刺され、衛兵に運ばれたことは覚えている。リゼットが疑われてはかなわないと、彼女の身元を保証したことも。

あの状況ではリゼット、もといクロンヌ王国が絡んでいる可能性もあった。

従属国の多くは、帝国に強い恨みや憎しみを抱いている。その理由は、前皇帝の所業に留まらない。代々の皇帝が周囲の国々に強いてきた重税や間接的な圧政が原因だ。

だが、不思議なことに、ヴィクトールはリゼット本人のことは欠片《かけら》も疑わなかった。

（あの娘が隠しごとをしていたとしても、きっと、私にはすぐわかる）

いくら従属国の出身であっても、彼女はヴィクトールの命を狙ったりはしない。

何故か、そういう確信があったのだ。

しかし、それからのことはよく思い出せない。

体を起こそうとしたヴィクトールは、微かな眩暈《めまい》を覚えて再び寝台に沈み込んだ。

刺された傷が痛む様子はない。咄嗟に致命傷を避《さ》けることには成功したようだが――おそらくは、外傷による発熱で寝込んでいた、といったところだろう。

冷静に己の状況を判断していたヴィクトールは、そのとき初めて、寝台から垂れ下がる天蓋を挟んだ向こうに誰かが座っていることに気が付いた。

「……誰だ?」

誰何《すいか》の声に、暗闇の中の人影が慌てて顔を上げる。

「ヴィクトール様……?」

か細く、儚い声。幾度もそばで耳にしたのだ。聞き違えるはずがない。

「リゼット? どうして君が……」

「よかった……お目覚めになったのですね……!」

椅子を蹴るように立ち上がり、枕元へと身を乗り出したリゼットの瞳に大粒の涙が浮かぶのを見て、ヴィクトールは思わず言葉を呑み込んだ。

「ずっと、高い熱が続いていたんです。ご気分はいかがですか?」

「寝ていたせいか、起き上がると眩暈がするな。だが、それだけだ。傷も……」

答える間に、リゼットの手が額に伸ばされる。柔らかな感触が心地よい。

「ああ、やっぱり。熱が下がったんですね。今、お水をお持ちします」

「あ、ああ……」

そういえば、眠っていたとき、苦悶に喘《あえ》いでいると、誰かが水を飲ませてくれたような覚えがある。額の汗を拭うひんやりとした感触が、不確かではあるが思い出せる。

「……君が、ずっと私に付いていてくれたのか？」

「わたしにできることは、それだけでしたから」

水差しを用意しながら振り向き、困ったように微笑むリゼットに、ヴィクトールは何を言えばいいのかわからない。

ただ、彼女の姿がひどく尊いもののように思えて――。

「……君は何故、そこまで熱心に使用人の仕事を続ける？」

にもかかわらず、口を突いて出たのは、ひどく陳腐な言葉だった。

「以前、君は私のことを知りたいと言っていた。それだけが理由なら、寝ずの番など引き受ける必要はないだろう。そうまでして私に求婚を承知させたいのか？　側室としての寵愛を得るため、私に取り入ろうとしているのか？　それとも……」

自分でもどうかしているのはわかっていた。それでも、口に出さずにはいられない。

「わたしはただ、ヴィクトール様をお助けしたかっただけです！」

容赦のない問いを遮《さえぎ》ったのは、リゼットの悲痛な叫びだ。

「あなたがわたしを庇ってくれたように、わたしもあなたの苦しみを少しでも取り除きたい。

そう考えるのは、そんなにおかしいことですか……？」

苦しげに漏らすリゼットを見ていると、心が掻きむしられるように痛む。

彼女にこんな顔をさせたかったわけではなかった。それでも、一度口にした言葉はもう戻らない。

「いや、そうではない。私は、ただ……」

――ただ、何だというのだろう。

どうしてあのとき、ヴィクトールは迷うことなくリゼットを庇ったのだろう。

（考えるよりも先に体が動いていた。彼女を、守りたいと）

心の奥から湧き上がるような気持ちをひとつずつ確かめていく。

リゼットに求婚されたときは、驚き、呆れただけだった。

わざわざ皇帝の側室になりたがる女など、権力が目当てか、それとも金か。どちらにせよ、碌《ろく》なものではないと思っていた。

だが、自分を見つめるリゼットの瞳があまりにも真っ直ぐで、それでいて切実だったのが妙に気にかかって、渋々ながらも滞在を許可した。ただ、それだけだ。

求婚を承諾するつもりはなかった。そのはずだったのに――気が付けば、彼女は誰よりもヴィクトールの近くにいる。

心の内すべてを見透かしてしまうような菫色《すみれいろ》の瞳でヴィクトールを見つめ、楽しそうに笑っている。彼女の淹れた紅茶が、日常の当たり前になっていく――。

そもそも、街に出たいと申し出たリゼットに同行したこと自体、ヴィクトールにとっては自分で自分がわからなくなるような出来事だった。

街の視察などというものは、その場でとっさに作り上げた名目にすぎない。目を離したら何をしでかすかわからないから。あのとき、自分ではそう考えていたものの、今では単なるこじつけだったのではないかとすら思わされる。

(私はただ、リゼットを近くに置いておきたかっただけだ)

そこに理由など何もない。心の底から湧き上がる想いだけが、ヴィクトールを突き動かしていたのだから。

「リゼット、私は……」

ゆっくりと体を起こし、傍《かたわ》らの娘へと手を伸ばした。

「私は、どうやら君を愛しているようだ」

「え……?」

リゼットが大きな瞳をさらに大きく見開いた。

驚いた拍子にその手から水差しが落ち、零《こぼ》れた水が床に広がっていく。

「あ……」

慌ててそれを片付けようとしたリゼットの腕を、手を伸ばして引き寄せる。

寝台に引き入れるようにして抱き込んだ体は、ひどく小さく華奢《きゃしゃ》だった。

（……彼女を守れて、よかった）

リゼットになにかあれば、きっと、自分が傷つくことよりもずっと辛い。

「君にとって、側室の地位は自分の国に戻らないための口実だろう。だが、それでも構わない。どうか、これからも私のそばにいてくれないか」

「そんな……」

震える声と共に振り向いたリゼットへ、唇を寄せた。頬を掠《かす》めるようなキスに、夜目にもわかるほど彼女の頬が赤く染まる。

──可愛い。

心が震えるように、そう感じる。

「でも……わたしは、ヴィクトール様を危険に晒《さら》してしまいました」

「では、あの暴漢は君の差し金だと？」

「違います！　でも……わたしが外に出たいと言わなければ、こんなことには……」

「君の仕業でないのなら、あれはただの事故だ」

迷うことなくそう言い放つ。

「私の命を狙う者など珍しくもない。大方、私の方針に反対する強硬派の差し金だろう。むしろ、君は巻き込まれた被害者だ」

「でも、わたしがいなければ、ヴィクトール様が怪我をすることはなかったのに……！」

リゼットの瞳から涙が零れ落ちた。窓から差し込む月の光に照らされ、透明な雫はまるで宝石のように光を孕《はら》む。

そっと手を伸ばし、ヴィクトールはそれを指先で拭った。

「君を守れたのであれば、こんな傷くらいは些細なことだ」

まだ、熱に浮かされているのかもしれない。こんなにも陳腐で、けれどいつもなら思いつきもしない言葉が、勝手に口から飛び出てくるのだから。

ヴィクトールはふ、と口の端を持ち上げる。

たまにはそれも悪くはない。リゼットに、この愛らしい娘にヴィクトールの胸の内が少しでも正確に伝わるのであれば、言葉などいくらでも重ねよう。

「君に、そばにいてほしい」

「でも……っ」

ヴィクトールはなおも拒《こば》もうとしたリゼットの口を塞ぐように、深く口づける。

「ん……っ」

熱い舌で、彼女の内側を犯していく。胸の熱をはっきりと刻み込むように。

次第に、リゼットの体から力が抜けていく。

やがて、唇を離すと、リゼットは再びはらはらと泣き出した。

「何故、そのように泣く。そんなにも、私の気持ちは受け入れがたいものか？」

「違います！　そうではなくて……！」

リゼットは、涙に濡《ぬ》れた瞳でヴィクトールを見上げた。

「わたしは……わたしも、ヴィクトール様のことが好きなんです！　でも、だから……こんな、わたしにとって都合のいい言葉、信じていいのかなって……」

「……そう、か」

ヴィクトールの胸の内に、甘いものが広がっていく。

その衝動のまま、ヴィクトールは再び、リゼットに口づけた。

「では、今後、私から離れることは許さない。君は、私のものだ」

やがて唇を離すと、ヴィクトールは一言一句、噛み締めるように言葉を紡ぐ。

「愛している、リゼット。もう二度と、離しはしない」

吐息のようにそう囁《ささや》くと、リゼットはヴィクトールの腕の中で小さく震え――やがて、おそるおそるといった風に身を委《ゆだ》ねたのだった。

＊　＊　＊

想いが通じ合い、それを確かめるように幾度となく唇を重ねた後――。

「リゼット。……今すぐに、君のことを抱きたい」

リゼットの体を抱きしめたヴィクトールは、どこか熱っぽい声でそう囁いた。

「あの、いけません、ヴィクトール様。お体に障ります」

彼の腕に身を委ねていたリゼットは、気遣うように離れようとした。

けれど、ヴィクトールの腕はびくともしない。それどころか、ますます力が強くなった気がする。

「ヴィクトール様、駄目です。今は、きちんと休んで……」

「命を失うようなものでなければ、かすり傷も同然だ。それよりも、今は……君を手に入れたのだと、私に確かめさせてくれ」

「あ……」

長い指が唇をぐるりとなぞった——次の瞬間、唇が優しく重なった。

「ん……っ」

唇の感触を楽しむように幾度か角度を変えた後、温かなものがリゼットの口腔内へゆっくりと入り込む。ヴィクトールの舌だ。

深々と差し込まれた舌は、歯列をなぞるように愛撫し、怯えたように縮こまるリゼットの舌を柔らかく絡め取った。

ヴィクトールの腕がリゼットを優しく抱きしめる。なのに、震えが止まらなかった。

背中に回された手が背筋を辿ると、その内側にじんわりとした熱が灯り、甘やかな官能を徐々に呼び起こしていく。

腰の後ろで結ばれたエプロンを解くと、ヴィクトールはブラウスの上からリゼットの胸の膨らみに触れた。

「あっ……」

布越しでもわかるほどに、胸の先端が尖《とが》っている。ヴィクトールもすぐに気付いたのだろう、指の腹で撫でるように何度も擦られると、そのたびに痺《しび》れるような快感がリゼットの体を襲った。

「可愛い胸だ。私に触ってほしくて、もうこんなに反応している」

「ああ……っ、違……っ、ヴィクトール様……」

「……君の体は、正直だな」

「あ、そんな……っ」

指の腹で胸の蕾を押し込まれ、リゼットは小さく悲鳴を上げた。

「もう二度と、私以外の者がこの体に触れることは許さない」

ブラウスの釦がひとつずつ外されていく。コルセットの紐を解かれ、シュミーズを引き抜かれると、露《あら》わになった胸がふるりと揺れた。

細い首筋にヴィクトールの唇が触れ、きつく吸われる。

「あっ……！」

唇から零《こぼ》れる声は、己のものだと思えないほどに甘い。

まるで自分のものだと証明するように、吸い付くような口づけは何度も繰り返される。雪のように白いリゼットの肌に、赤い痕《あと》がひとつ、ふたつと増えていった。

ヴィクトールの唇はやがて胸の膨らみへと移動する。ツンと上を向いた頂に舌が触れて、リゼットはびくりと体を震わせた。

ねろりと舐《な》め上げられたかと思えば、じゅっと音を立てて吸われる。ぞくぞくと背筋が震え、体が弧《こ》を描くように寝台から浮くのを抑えられない。

「や、それ、嫌ぁ……んんっ……！」

嫌だと口にした瞬間、胸の蕾を軽く食まれ、リゼットはますます感じ入ってしまう。

「リゼット。……違うだろう？」

胸元から見上げるヴィクトールの蒼《あお》い瞳は、確かな熱を秘めてリゼットの心を貫く。

「悦《よ》いのなら、素直にそう口にするように。そうすれば、私は君を更なる快楽の極みへと導くことができる」

ヴィクトールは胸の蕾を舌先でつつきながら、もう片方の蕾を指で弾くように愛撫した。

「ほら。……こうされると、どう感じる？」

「や……っ、ああ、ヴィクトール様……っ」

熱情を秘めたヴィクトールの声が、リゼットの快楽を容赦なく燃え上がらせていく。

「気持ちいい、です……あ、ヴィクトール様……っ」

そう口にするだけで、新たな快感が胸の内に灯った気がした。

リゼットは胸元にある彼の頭にそっと腕を回し、弱々しく抱きしめた。柔らかな金の髪が素肌に擦れる感触すら、敏感になった体には刺激が強い。

手も、体も、声も――心も。何もかもが震えている。恐れと期待、怯えと歓喜。相反する感情がないまぜになって、未だ朝を迎えることのない部屋に溶けていく。

「そう、か。……では、もっと愛してやらなくては」

彼の手が、慎重な動きでスカートを脱がしていく。緩められたコルセットを取り去り、下着姿になったリゼットに、ヴィクトールの体が覆い被さった。

「……君がなるべく痛みを感じないよう、できる限りの注意を払おう」

唇同士が触れそうなほどの距離で見つめ合い、ヴィクトールは熱い吐息と共にそう吐き出した。リゼットは恥じらいに頬を染め、こくんと頷く。それを待っていたように、再び唇が重なった。

舌先が濃厚に絡み合うようなキスを交わしながら、ヴィクトールの手は半ば捲り上げられていたシュミーズを器用に取り去ってしまう。骨張った手は胸から下腹部へと移動し、ドロワーズの中へするりと潜り込んだ。

秘裂は既に潤み切っていた。ゆっくりと、けれど容赦なく差し込まれた指が蜜で溢れた淫肉を掻き分けていく。

「んっ……！」

口づけを交わす喉の奥から、堪えきれずに漏れる切なげな響き。安心させるように、ヴィクトールは空いた片手でリゼットの頭を優しく撫でた。

蜜に濡れた秘裂を何度か指で往復した後、ドロワーズが引き下ろされる。

生まれたままの姿になったリゼットを、上体を起こしたヴィクトールが見下ろした。頭のてっぺんからつま先まで、じっくりと視線が移動していく。

（恥ずかしい……）

触れられているわけでもないのに、肌が粟立つのを止められない。

「綺麗だ、リゼット」

ヴィクトールは蕩《とろ》けるような声で囁くと、リゼットの唇に優しいキスを落として――長い指を再び、足の間へ潜り込ませた。

先ほどのように、緩やかな戯《たわむ》れにも似た動きで愛蜜を掬《すく》い取ると、ヴィクトールはおもむろに淫肉の付け根にある花芯へと指を滑らせる。

「んんっ……！」

急に与えられた刺激があまりにも強烈で、リゼットは腰が跳ね上がるのを抑えられない。

「ここは……たまらなく、悦いだろう？」

「あっ、やめ……っ、つよいの、やぁ……っ！」

ヴィクトールの指の動きに反応するように、リゼットは猥《みだ》りがましく腰を揺らす。気持ちよすぎて、自分がどうにかなってしまいそうだった。

しかし、どれだけそう訴えても、指の動きが緩められることはない。容赦のない快楽のあまり、生理的な涙がリゼットの目から零れ落ちる。ヴィクトールは頬を伝うそれを舌先で舐め取ると、ますます花芯への愛撫を激しくした。

やがて、下腹部の奥から何かが湧き上がるような感覚がリゼットを襲う。

いつかの夜、ヴィクトールの指で乱れる体を鎮めてもらったときと同じ――けれど、あの時よりもずっと強く、激しい波が押し寄せてくる。

「あ、は……っ、ヴィクトール様、やっ……！　ああっ……！」

リゼットの嬌声が変化したことに気づいたのか、ヴィクトールは満足そうに口の端を持ち上げた。

「ああ、そろそろ達するか、リゼット。それほどに私の愛撫に感じてくれているのか」

リゼットの快楽を更に引き出すように、ヴィクトールの指はねっとりとした動きで秘肉の蕾をばかりを苛《いじ》めて――胎内の熱は、やがて臨界点を越えた。

「あっ、ああ……っ、ああーっ！」

悲鳴のような嬌声を上げて、リゼットは快楽の極みに達したのだった。

何度も体を震わせた後、リゼットは力なく寝台に沈み込む。

高みに上った体が重い。このまま眠ってしまいたい、と思う間もなく、ヴィクトールの手がリゼットの足を大きく開いた。

「リゼット、そろそろ準備をしようか」

無防備に晒された秘裂から、とろりと零れる蜜を掬うと、ヴィクトールは淫肉の奥へゆっくりと指を進ませていった。

「じゅん、び……?」

蕩けた頭で、ぼんやりと聞き返す。

「ああ、そうだ。君と私が、ひとつになるための準備だ」

「あ……っ」

秘裂の奥にある狭い蜜口に、ヴィクトールの指が少しずつ侵入を始めた。浅い入り口を広げるように何度か抜き差しされると、下腹部に微かな異物感が生まれるのがわかる。

リゼットは曖昧な知識としてしか知らないが――これから、この場所にヴィクトールを受け入れるのだ。

そう気づいた瞬間、快楽にぼやけた意識が明確なものへと戻る。

「ゆっくり、ゆっくりと進めていこう。なるべく痛みが少ないように」

「はい……。わた、し……大丈夫、です……」

体の内側を探られるような感触に息を詰めながらも、リゼットは気遣わせまいとして微かな笑みを作った。

ヴィクトールはリゼットの隘路を徐々に開いていく。蜜に濡れた指が一本、また一本と増え、柔らかな内側を侵される感覚は、最初こそ違和感だけしかなかったものの、あるところを境にじわりとした甘さを帯びた。

「は、あ……っ」

リゼットの吐息に甘さが混じるのを、ヴィクトールは聞き逃さない。

「ここが悦いのか、リゼット」

肉壁に圧をかけるように擦られると、蕩けるような快感が緩やかに広がった。

やがて、ヴィクトールの指は少しずつ隘路を行き来し始めた。抜き差しされるたび、その動きに合わせて腰が勝手に揺れてしまう。

「あ……気持ちいい、です……ヴィクトール様……」

「可愛いな、すっかり蕩けた顔をしている」

リゼットの額に張り付く銀髪を除けると、ヴィクトールは優しく口づけを落とした。

「そろそろ……私も、君の中に入りたい。構わないだろうか？」

耳元で囁かれる。優しく、それでいて微かな欲望に濡れた、低い声。

――ああ、とうとうこの時が来たのだ。

リゼットは、微かな震えを帯びながらも、こくんと頷いた。

ヴィクトールは頷き返すと、リゼットから離れるように身を起こし、纏っていた夜着を脱ぎ始めた。露わになった筋肉質の体は、しっとりと汗を帯びている。

広い胸板、逞しい腕――リゼットは吸い寄せられるようにして、徐々に視線を移していく。腰に巻かれた包帯がなんとも痛々しい。

「あの……ヴィクトール様、やはり、あまりお怪我に響くようなことは……」

「止めても無駄だ、リゼット。……わからないか？」

やがて、一糸まとわぬ姿になったヴィクトールが、寝台に横たわるリゼットにゆっくりと圧し掛かった。閉じた太ももに触れる、硬い感触。

（これは……）

なんだろう、と視線を向けると、ヴィクトールの下肢からそそり立つそれがはっきりと目に入った。

それがヴィクトールの欲望なのだと知り、リゼットは思わず息を呑む。

（まさか、わたしの中に、あれが……？）

「怖がらなくていい。なるべく体の力を抜くんだ」

怯えた様子のリゼットに、ヴィクトールは努めて優しくそう声をかけた。

「足を開いて……そうだ。息を詰めず、ゆっくりと深呼吸を……」

やがて、濡れた秘裂に熱い感触が押し当てられて——狭い入り口が、みちみちと割り開かれていく。

「っ……っ、あ……っ！」

下肢が裂けるような痛みに、リゼットはたまらず悲鳴を漏らした。

まるで熱せられた棒を差し込まれているかのようだ。

「やぁ……おっき……っ」

「リゼット、深呼吸を。落ち着いて、ゆっくりと私を受け入れてくれ」

切なげな声。もしかして、ヴィクトールもつらいのだろうか？

（わたし……こんなことで、泣き言なんて吐いていられない……っ）

自分は今、ヴィクトールとひとつになろうとしているのに——と。リゼットは痛みに顔をしかめながらも、深い呼吸を繰り返した。

「……っ、は……すべて挿入ったぞ、リゼット」

「ああ、……ぁ……っ」

苦しげなヴィクトールの囁きに、リゼットは痛みに掠れた声を返す。

腹の奥にみっちりと感じる重苦しさ。これが、ヴィクトール自身なのだ。

そう思うと、体はつらくて仕方ないのに、心はこれ以上ないほどに満たされて。

る。


「嬉しい……」

歓喜の呟きすら我が物とするかのように、ヴィクトールはリゼットの唇を奪った。

ねっとりと舌を絡ませながら、ヴィクトール自身がリゼットの内側を侵すように動き始める。

ゆるゆると引き抜かれたかと思えば、肉壁を掻き分けるように押し込まれ、リゼットは引き攣《つ》れるような痛みに喉の奥で小さな悲鳴を上げた。

緩やかな抽挿は、徐々にその速さを増していく。

けれど、ヴィクトールの気遣いがあちこちから感じられた。接吻の甘さも、体に触れる手の熱さも、すべてリゼットの反応を伺っていることがわかるのだ。

「すまない。初めてはどうしてもつらいだろう……っ」

口づけが途切れると、ヴィクトールは吐息のようにそう囁いた。

「だが、君の中は蕩けそうなほどに気持ちいい。私のことをきつく求めて、絡みついて離さないのだから」

「あっ……そんな、自分じゃ、わかりませ……っ！」

「しっかりと気を持たなければ……君を、容赦なく貪《むさぼ》ってしまいそうだ」

「んんっ……は、あっ……っ！」

ズン、とひときわ深くまで押し込まれた感触に、リゼットは体を震わせた。

「君も気持ちよくなれるよう、ここも触ろうか」

そう囁くや否や、ヴィクトールの指が充血した肉の蕾に触れた。途端、リゼットは下肢に刺さるような快楽を覚えて、爛《ただ》れたような嬌声を上げてしまった。

「や、だめ……っ、ああ……っ！」

結合部から零れる蜜を塗りたくるように動く指。揺さぶるような抽挿運動。

花芯を愛撫される快感は、体の内側を侵される痛みを幾分か和らげてくれた。

リゼットの吐息に確かな悦楽が混じり始めると、ヴィクトールはますます腰の動きを速めていった。

肉杭が蜜口を割り開くたび、ぐちゅぐちゅとした水音が聴覚を犯す。

「あ、ああ…っ、ヴィクトール様……っ！」

覆い被さるように攻め立てるその背に、リゼットは必死になってしがみついた。

何もかもが熱い。触れ合う肌から体温が交わって、内側から蕩けて、ひとつになる。

体を割り開かれる痛みにも徐々に慣れ、リゼットはただ、自分を求めるヴィクトールの動きに心を奪われていった。

「あっ……っ、ああ……っ！」

花芯ごと押し潰すように深々と貫かれ、リゼットはすすり泣くような悲鳴を上げた。

「愛している、リゼット。君は、私のものだ……っ！」

やがて、ヴィクトールの動きがより激しいものへと変わっていき――。

「ヴィクトール様……ヴィクトール様……っ！」

腹の奥に温かなものが溢れるのを感じながら――リゼットは、緊張の糸が切れたかのように、意識を手放すのだった。

三章

共に濃密な一夜を過ごし——朝を迎えた二人は、侍女頭にきつく叱《しか》られた。

当然だ。絶対安静を言い渡されている人間と、その看病のために付いていた侍女。二人のどちらも、欲望の迸《ほとばし》りを止めることがなかったのだから。

「だが、傷は開かなかった。それでいいだろう」

「そういう問題ではありません」

ヴィクトールの反論を、侍女頭はぴしゃりと封じ込める。

「まったく……頑固なところばかり、お父上に似られたのだから困ります」

ヴィクトールがきついお説教を受ける横で、リゼットは華奢《きゃしゃ》な裸体をシーツで隠すようにして怯えていた。

使用人が主人と同衾するなんて、本来はあってはいけないことだ。職務に忠実な侍女頭は、きっと烈火のごとく怒っているに違いない。

（なんとか、誤解を解かないと……！）

だが、リゼットの心配をよそに、侍女頭は平然とした面持ちで彼女へ視線を向け、

「……このような結果になるのであれば、わざわざ使用人として雇い入れるような真似をなさる必要はなかったのではありませんか？」

「まあ、そう言うな。私もまさか、こんなことになるとは思わなかった」

「私は薄々予想しておりましたよ。ヴィクトール殿下が女性に興味を示すなど、これが初めてだったでしょう」

「……まあ、確かにそうだな」

「えっ……？」

二人のやりとりに、リゼットは目を丸くする。

「まさか、わたしの素性をご存じなのですか……？」

「ええ。殿下は隠そうとしておられましたが、私の目が誤魔化せるはずありません」

侍女頭は冷静にそう答えると、微《かす》かな笑みを浮かべた。

「リゼット王女。貴女を、離宮の正式な客人として歓迎させていただきます」

「おい、私を差し置いて勝手に決めるんじゃない」

「では、このまま使用人としてそばに置かれますか？　新入りの侍女に手を付けたとなれば、皆の信用は地に落ちかねませんが」

「む……」

どうやら、ヴィクトールは侍女頭には敵《かな》わないらしい。

「……わかった。リゼットのことはうまく取り計らってくれ」

「かしこまりました」

憮然《ぶぜん》とするヴィクトールに、侍女頭は深々と一礼する。

――かくしてリゼットは、ヴィクトールの客人という立場で、改めて離宮に迎えられることになったのだった。

＊　＊　＊

ヴィクトールが女性を連れてきた、という使用人たちの驚愕はさることながら、それが他でもないリゼットだと知ったときの彼らの仰天ぶりは、離宮がひっくり返るような有様だったと表すべきだろう。

それが早々に収まったのは、混乱する使用人たちに向けて、侍女頭が極めて冷静にこう言い放ったためだ。

「あのヴィクトール殿下がこれほどまでに親密になられる方が、世の中にどれだけ存在するとお思いなのですか？」

たったそれだけで全員を納得させてしまえる侍女頭の才腕に感心するべきなのか、それともヴィクトールの堅物さに感謝するべきなのか。

リゼットはしみじみとそんなことを思いながら、新しく与えられた客室の窓から空を眺《なが》めていた。

当然のことながら、使用人のときの部屋とは比べ物にならないほど上質の部屋だ。品のいい調度品と、精緻《せいち》な草模様の細工が彫り込まれた鏡台。天蓋がついた寝台は柔らかく、肌触りのいいシーツには微かに花の香りが漂っている。

リゼット付きの侍女として、最も交流のあったメアリが付いてくれたのは心強かった。

メアリはといえば、急にリゼットが他国の王族だと告げられたことで困惑しているのか、最初の頃はひどくよそよそしい態度を取っていた。しかし、リゼットがあまりにも以前と変わらない生活態度であるため、今ではすっかり打ち解けている。

「王族にも、たまにはリゼット様みたいに変わった人がいるんですね」

「そう……なのかしら？　わたし、他の方のことはよく存じ上げないから……」

首を傾《かし》げるリゼットに、メアリは宮殿に暮らしていた前皇帝の側室のことを色々と教えてくれた。なんでも、離宮に務める以前はそちらの侍女をしていたらしい。

皇帝の寵愛を得ようと必死な者がいるかと思えば、望まぬ輿入れに泣き暮らす者もいる。憂さ晴らしのように贅沢三昧する者、使用人に当たり散らす者。なにしろ前皇帝の側室は十人近くいるのだから、その振る舞いも多種多様だ。

「本当に色々な方がいらっしゃったけど、あなたみたいに使用人を人間扱いする人は、一人もいませんでしたねえ……」

リゼットにお茶を淹れながら、メアリはしみじみとそう話す。

「なんだか、側室って色々と大変そう。わたし、きちんとやっていけるのかしら……？」

「側室？　リゼット様はたぶん、正式な……」

「それに、最近、全然ヴィクトール様にお会いできないんです。メアリは、なにか詳しいことを知っている？」

メアリがなにか言いかけていたことには気付かず、リゼットはそう尋ねた。

「はい？　どうして私が？　リゼット様の方が、よほど知ってそうなものですけど」

「それが……」

たしかに、リゼットは客人として、ヴィクトールと私的な時間を過ごすようになった。

けれど、その一方で、彼が離宮を留守にすることが多くなった。

これまでは離宮の執務室に詰めていたのが、急に宮殿での閣議や街への視察に出る回数が増えたのだ。

暴漢に襲われた際の怪我はまだ完全には癒えていない。にもかかわらず、精力的に働くヴィクトールのことを、リゼットは心配していた。

（できることなら、実際に様子を見に行きたいけれど……）

使用人ならともかく、客人という身分では、気軽に宮殿のあちこちを出歩くわけにはいかない。それに、宮殿で貴族に目を付けられた前科もある。

なので、リゼットにできることはといえば、側室になるための事前知識や礼儀作法を身に着けるための勉強だけだった。

「……と、言われてもねえ」

メアリはうーん、と難しい顔になる。

「私たち使用人も、あの方の働き方は心配していますけど……今、どんな状況に置かれてるのかは、ちょっとわからないですねえ」

「そう……」

「ヴィクトール様はご存じのとおり、真面目な方ですから。すぐに婚姻のための手はずを整えてくださいますよ。リゼット様は、何も心配せずにそれを待っていればいいんです」

しゅんとしたリゼットに、メアリは困ったように笑う。

「それでも不安なら……ヴィクトール様が執務室にいらっしゃるときに、この前贈った紅茶を淹れて差し上げたらどうですか？」

「……それ、すごくいい考えね！」

リゼットはきらきらと顔を輝かせた。

「ありがとう、メアリ！　やっぱり、あなたは頼りになるわ！」

「そう言っていただけて光栄です。ヴィクトール様がお戻りになる日があったらきちんとお知らせしますから、それまで心穏やかに過ごしてくださいね」

満面の花を思わせるようなリゼットの笑みに、メアリもまた笑顔を返すのだった。

＊　＊　＊

礼儀作法に侍女頭の、王家の成り立ちや学問に古株の侍従の協力を得て、リゼットは帝国に嫁ぐための勉学に打ち込んでいた。

侍女頭の指導は、使用人に対する態度や食事の際のカトラリーの扱い、皇族としての立ち居振る舞いから始まり、離宮での生活全般に及んでいく。彼女が指南役を務めることが決まったときに薄々そんな予感はしていたのだが、とにかく細かく、手厳しい。使用人を務めていた頃とはまた違う緊張感がある。

一方、侍従が教えてくれる帝国の歴史は、リゼットにとって興味深いものだった。

リゼットは元々、本を読むのが好きだった。

勉強のために歴史書を開いていると、クロンヌ王国にいた頃、王妃や彼女付きの使用人の目を盗み、何度となく図書室に足を運んだことを思い出す。

少し癖のあるインクの匂いや、紙の手触り。凝った革張りの装丁。

（……懐かしい）

籠の鳥のように閉じ込められた後の王宮での暮らしは決して楽ではなかったけれど、それでも、あのひとときだけは確かに幸せを感じていたように思う。

侍従による歴史の講義が終わった後、リゼットは軽く離宮の中を散歩することにした。

勉強をするのは楽しいが、座りっぱなしはどうにも肩が凝ってしまう。

私室のある二階の廊下には、子どもたちが遊ぶ姿を描いた、大理石のレリーフが飾られていた。レリーフの周囲は草花の文様を刻まれた金属の額縁によって飾られ、どちらの細工も見惚《みと》れるほどの精緻さだ。

立ち並ぶ窓は綺麗に磨かれ、曇りひとつない。窓の外には緑豊かな庭園と、渡り廊下で繋がる白亜の宮殿が見えた。

（ヴィクトール様は、今日も遅くまであちらでお仕事なのかしら……？）

こんなにも近いのに、あまりにも遠い。

それが少し寂しくて、ため息をつきながら歩を進める。

「あら、リゼット様。どうかなさいましたか？」

玄関ホールの階段を下りたところで、リゼットは厨房係のメイドに出会った。

「いえ、今は散歩をしているところなの」

「では、少し厨房に寄っていかれませんか？　先日、街で買ってきていただいた紅茶があったでしょう？　あのお茶に合う焼き菓子を作ったところなので、味見をしていただけると助かります」

「まあ。そういうことなら、喜んで」

侍女頭からは使用人たちとの付き合い方を考えるように、と言われているが、厨房や洗濯室など、階下の部屋に出入りするなとまでは言われていない。

リゼットはメイドと共に厨房に向かうと、作業用の椅子に勧められるまま腰を下ろした。

「まあ、リゼット様！　よくいらしてくださいました！」

厨房係たちは皆、リゼットの突然の来訪を心から歓迎してくれた。

使用人から客人という立場に変わった関係で、メイドたちとはそれ以降、ほとんど顔を合わせる機会がなかった。久しぶりの再会に、お互い、自然と話が弾《はず》む。

「まったく、まさかリゼット様が王女様だなんて、驚きましたよ」

「そうそう。綺麗な子だとは思ってたけれど、まさかそんなに高貴な方が、あたしたちに混ざって働いてるなんて、夢にも思わないじゃありませんか」

結果的に騙すようなことになってしまったが、彼女たちの好意は変わらない。

それが嬉しくて、リゼットは顔をほころばせた。

「さ、こちらを召し上がってください」

「こちらもどうぞ」

いくつかの焼き菓子を試作していたらしく、厨房係のメイドから差し出された皿にはクッキーやパウンドケーキ、マドレーヌなどの焼き菓子が並んでいる。

「わあ、美味しい……」

「では、こっちはどうですか？　まだ試作品なんですけど、コケモモのジャムを添えて召し上がると美味しいですよ」

「あ、本当ね！　少し酸っぱいけど、それが甘さを引き立てているような……」

「さすがリゼット様、おわかりになりましたか！」

次から次に試食を勧められ、リゼットは嬉しい反面、少し困ってしまった。こんなにたくさん食べたら、夕食が入らなくなりそうだ。

「ああ、リゼット様、やっと見つけた。こんなところにいらしたんですね」

リゼットが厨房で楽しいひとときを過ごしていると、不意に、慌てた様子のメアリが顔を覗《のぞ》かせた。

「ヴィクトール様が執務室にいらっしゃいました。今日は終日、こちらで執務のようです。……これは、以前にお話したあの計画を実行するまたとない機会ですよ！」

「まあ、本当⁉」

リゼットの声がぱっと華やぐと、周囲の厨房係はなんだなんだと騒ぎ始める。

贈り物をした紅茶を淹れたい、と話すと、彼女たちは大喜びで協力を承諾してくれた。

「紅茶は……ふむ。では、焼き菓子はこっちで……」

「リゼット様、御髪を整えておきましょう」

戸惑うリゼットが何をするでもないうちに、あれよあれよと状況が整っていく。

「それではリゼット様、健闘を祈ります！」

「わ、わかりました！　わたし、頑張ります……！」

やがて、これ以上ないほどに準備が整った状態で、リゼットは執務室へと送り出されたのだった。

＊　＊　＊

銀のトレイを手に、リゼットはやる気持ちを抑えながら執務室の扉を叩《たた》いた。

「入れ」

中からは短く、それだけが帰ってくる。

「失礼いたします」

「……リゼット……？」

室内に入ってきたのがリゼットであることに、加えて紅茶を乗せたトレイを持っていたことに、ヴィクトールはひどく驚いた様子だった。

「君はもう使用人ではなかったはずだが？」

「どうしても、紅茶を淹れて差し上げたかったんです。それとも……使用人でなければ、ヴィクトール様を労《ねぎら》いに来てはいけませんか？」

リゼットは内心どきどきしながらも、平然とした面持ちでそう返す。

「……そうだな、君が来てくれて嬉しいよ」

ふ、と表情を和らげると、ヴィクトールは手元に置かれた書類に視線を戻した。

さらさらと羽ペンが走る音を聞きながら、リゼットは丁寧に紅茶の準備を始めた。

「……初めて嗅ぐ香りだな」

ティーカップから上る香りに、ヴィクトールは作業の手を止める。

「先日、街に連れて行っていただいたときにお贈りした茶葉ですが……もしかして、ご不快でしたか？」

不安そうに尋ねるリゼットに、ヴィクトールは柔らかく目を細めた。

「いや、好みの香りだ。……すまない。ここのところ、どうにも神経質でね」

「それなら、今日の紅茶はとても効果的だと思います」

「たしか、疲労回復効果があるという話だったな。では、期待しておこう」

「はい。それに、疲れたときには甘いものが効果的だと言いますし、焼き菓子も一緒に召し上がってくださいね。厨房係の皆さんのおすすめばかりなんですよ」

こんな他愛のない会話も、なんだか今は尊くて、貴重だ。

リゼットは嬉しそうに笑いながら、紅茶を口にするヴィクトールを見つめた。

「ヴィクトール様は今、どんなお仕事をなさっているのですか？」

「色々とあるが……君にはこれがいちばんわかりやすいだろうか」

ヴィクトールは手近に置かれた書類の束を無造作に取ると、リゼットに差し出した。

「わたしが見てもよろしいのですか？」

「構わない。むしろ、君には知る権利があるものだ」

ならば、とリゼットは受け取って一枚目に目を通す。どうやら近隣諸国との物流をまとめたもののようだ。

「我が国が、いかに君のような国を従属させ、搾取してきたかという報告だ」

ヴィクトールが皮肉も露《あら》わに肩を竦める。

「今後、積極的に戦争を起こすような真似はなるべく避けたい。そのためには、まず戦争ありきの財政状況を整理する必要がある」

領土拡大、植民地の獲得、敗戦国からの賠償金、従属国に課す税金——シュヴェルト帝国の繁栄は、代々、常に争いと共にあった。

「私は人の血を金に換えるのではなく、知恵や知識で国を豊かにしたい。それは、これまでにかかわった多くの国との国交を活かすことで、充分に実現可能だ」

しかし、シュヴェルト帝国と他国との関わりには、多かれ少なかれ、戦争や支配といった禍根が残されている。その状態から、共栄を志すような関係性へと変わるのは、きっと並大抵の努力では実現できない。苦難も多いだろう。

しかし、ヴィクトールはそれに真正面から立ち向かおうというのだ。

リゼットは、改めて彼の信念に敬服してしまった。

（わたしも、少しくらいお役に立てればよいのだけど……）

リゼットはまだ、今後のための勉強を始めたばかりだ。王女としての教養や、学に乏しい自分にできるようなことはあるのだろうか。

リゼットは暗い気持ちを心の奥に押し殺しながら、手にした書類を捲る。

「あら……？　ヴィクトール様、こちらなのですけれど」

リゼットが示したのは、どれもクロンヌ王国と、王国に隣接するいくつかの国にまつわる記述がある箇所だ。

「クロンヌ王国の主産業は紡績だと書かれていますが、その布の加工方法について記述がありません。毛織物の外套や絨毯は、とてもたくさん作られているはずなのに、です。それにこちらの項目も……」

指摘したのはほんの数箇所に過ぎないのだが、説明を終える頃、ヴィクトールはすっかり感心した様子でリゼットを眺《なが》めていた。

「驚いた。君は優秀な使用人であるだけでなく、官僚の素質まで持ち合わせていたのか」

「そんな、大げさです。これは偶然知っていただけですもの」

あまりに手放しで褒《ほ》められたものだから、リゼットはひたすら恐縮するしかない。

「わたし、ときどき王宮の図書室で本を読んでいたのです。そこの司書を務めていた者に、こういったことを色々と教えていただきました」

しかし、まさかそれがこんな風に役に立つとは思わなかった。

——いや、もしかしたら。あの司書は、こういった状況を見越した上で、様々なことを教えてくれたのかもしれない。

彼は元々、侍従として働いていた。だが、リゼットの母の口利きで図書室の司書を務めるようになったのだと話していた。そのことにとても感謝をしている、とも。

だからこそ、リゼットの境遇を人一倍悲しみ、助けられないことをいつも嘆いていた。

今にして気付く。ヴィクトールが感心するような知識。きっと、それが彼の教えられる最大の処世術だったのだろう。

不思議なものだ。国を離れて初めて、いかに周囲の人々に助けられていたのかがわかるのだから。

ひとつ、またひとつと積み重なっていく感謝は、リゼットの胸に温かな優しさを宿す。

（……わたしも、頑張らなきゃ。ヴィクトール様の隣で、彼の理想を支えていくために）

リゼットが幸せになること。

きっと、それが今まで助けてくれた人たちへの恩返しになるはずだから。

＊　＊　＊

「君がいてくれたおかげで、思ったよりも早く片付いた。礼を言うよ」

書類を側近に渡すと、ヴィクトールは傍らのリゼットを優しい瞳で見上げた。

「君も疲れただろう。部屋に戻って休むといい」

「いいえ、むしろ元気いっぱいです！」

なにしろ、今のリゼットでもヴィクトールの役に立てることがあるとわかったのだ。嬉しさのあまり、飛び跳ねたくなる気持ちを必死に我慢しているほどだ。

「そうか。では、もう少し私の休憩に付き合ってくれるか？」

「それは構いませんけれど……きゃっ」

頷いた途端、リゼットは腕を掴まれ、少し強引に引き寄せられた。華奢《きゃしゃ》な体は、たちまち椅子に座るヴィクトールの膝の上に引き上げられてしまう。

「ヴィクトール様、何を……？」

「もちろん、休憩だ。見てわからないのか？」

「わたしを乗せていては、休憩になるどころか、かえって疲れてしまいます」

「何故だ？　君は羽のように軽いというのに」

「まあ、そんなはずありません」

離宮に来てからというものの、誰もがリゼットによくしてくれるおかげで、食事の量が増えたように思う。先ほども、厨房でたくさんのお菓子をご馳走になったばかりだ。

そのせいか、最近、鏡を見るとこころなしか体つきがふっくらしているように思えた。胸など、明らかに以前よりも膨らんでいる。

リゼットがそう訴えると、ヴィクトールは無言のまま目を瞠《みは》っていたが、やがて何かを思いついたように口の端を少しだけ持ち上げた。

「では、確かめてみようか」

ヴィクトールは、大きな手のひらをリゼットの体に滑らせ始めた。

「きゃっ、何を……っ！」

大きな手がリゼットの下腹部をくるりと撫《な》でた後、緩やかに上へと向かっていく。

「肉が付いたと言うが、私から見ればもっと食べたほうがいい。君の体はあまりにも華奢で、壊してしまうのではないかと思うことがある」

「そんな、お戯《たわむ》れを……っ」

「胸も、これくらいの大きさの方が私は好きだ。柔らかくて心地がよい」

「あっ……」

ヴィクトールが胸の双丘をすっぽりと手のひらに収めた。感触を確かめるように動く指がくすぐったくて、リゼットはたまらず身をよじる。

「こら、逃げるんじゃない」

「だって……ふ、ああっ……っ」

長い指が胸の頂《いただき》をかすめ、リゼットはたちまち身を震わせた。

それに気を良くしたのか、ヴィクトールは触れるか触れないかというほどの繊細さで、胸の頂を撫でる。布越しに感じるそれはあまりにももどかしくて、リゼットは息を詰めて刺激に耐えた。

「急に静かになったな」

次第に、擦るような愛撫へと変わる。

触れられるたび、甘い熱が体の奥に生まれるのを抑えられない。

「君もこのままでは苦しいだろう」

ヴィクトールはそう囁《ささや》くや否《いな》や、リゼットのブラウスの釦をひとつずつ外し始めた。

彼の手を押さえようとするものの、刺激を与えられた体にはうまく力が入らない。

弱々しい抵抗などないも等しく、ヴィクトールは容赦なくブラウスの前を開き、コルセットの紐を緩めてしまう。

するりとシュミーズを抜き取られ、白く柔らかな双丘が晒《さら》された。薄紅色に染まった先端が外気に触れ、怯えたように震える。

「ああ、やはり君の体は美しい。こうして明るいところで目にすると、尚更だ」

「やぁ……、ヴィクトール様、やめ……恥ずかしいです……」

リゼットはたまらず、露わになった胸元を両手で隠した。その頬は、羞恥《しゅうち》のあまり真っ赤に染まっている。

けれど、ヴィクトールはといえば彼女の抵抗を意に介するどころか、むしろ楽しむような様子だった。胸元を隠す手へ己の手を重ね、その耳元へ唇を近付ける。

「リゼット。見せてくれないか、何もかも」

「そんな……」

「君はもう、私のものだ。何もかも、この目で確かめておきたい」

熱い吐息が耳朶に吹き込まれた。お互いの指を絡める仕草に、微《かす》かな淫靡《いんび》さが宿る。

「でも……恥ずかしいです、ヴィクトール様……」

「リゼット。……私が、見たいと言っているのに？」

耳朶に吹き込まれたその声は、今まで聞いたことがないほどに甘く、蠱惑的《こわくてき》な響きを帯びていた。命令することに慣れている者の威厳、とでも言うのだろうか。

（嫌、なのに……でも……）

「リゼット。見せなさい」

命じられるたびに頭の奥がゆっくりと蕩けていくような、不思議な錯覚。

決して強引な声音ではないはずなのに、逆らえない。

リゼットは気付けばおずおずと両手を開き、ヴィクトールにその胸元を晒していた。

「わかるか、リゼット。もう、こんなにも尖《とが》らせている。まるで私に触れられるのを待っているようだ」

「あ……っ」

双丘の先端を同時に指で摘まれ、リゼットの吐息が甘い熱を帯びた。が、すぐにはっとした様子で口を閉じる。

「どうした。何故、声を聞かせてくれない」

「だって、こんな……いつ、誰が来るか……っ」

「そうだな。急な仕事を持って、官僚が来てもおかしくはない」

では、この淫らな戯れを止めてくれるのだろうか。

リゼットのそんな期待は、次の瞬間に脆《もろ》くも崩れ去ることとなった。

「そうなると、外まで聞こえていた方が好都合だとは思わないか？　君の可愛らしい声を私以外の者に聞かせるのは癪《しゃく》だが、休憩を邪魔されるよりはずっといい」

「ああっ……！」

胸の先端をきゅう、と抓られ、リゼットは耐え切れずに甘い声を上げた。

「やっ……、ヴィクトール様……っ、聞かれるの、嫌ぁ……」

「駄目だ。もっと聞かせてくれ」

「そんな……、あ、苛《いじ》めない、で……っ」

羞恥心に煽《あお》られてのことか、リゼットの体はいつもよりも鋭敏になっていた。

ぷっくりと膨れた胸の頂を乳暈《にゅううん》に押し込まれるように愛撫されると、唇を噛んで堪えても、すすり泣くような声が零《こぼ》れるのを抑えられなかった。

リゼットの胸を散々に弄《もてあそ》んだ後、ヴィクトールの手は下肢へと向かい始める。

「駄目、ヴィクトール様……っ、そっちは……！」

ただでさえ体が敏感な今、胸よりもずっと刺激を感じやすい場所に触れられたらどうなってしまうのか――想像しただけで、リゼットの下腹部が妖しい熱を帯びる。

「こっちは、何だ？」

ヴィクトールはからかうような囁きを落としながら、リゼットのスカートをゆっくりと捲り上げていく。やがてレースのドロワーズが白日の下に晒されると、彼の指は布越しに秘裂をなぞり始めた。

「や……あっ、あ……ぁ、んん……っ」

「ずいぶんと布の滑りがいい。誰かに聞かれることを想像して、興奮したのか？」

そんなはずはない、とリゼットはふるふると首を振った。しかし、ヴィクトールの指が動くたびに、布の下からは粘ついた水音が聞こえてくる。

窓の外から、裏庭に干してあったシーツを取り込むメイドたちの声が聞こえる。

いつもと変わりなく仕事をする彼らと裏腹に、リゼットはこうして淫《みだ》らな戯れに翻弄されている。あまりにも背徳的で、ますます羞恥を煽られて――頭がおかしくなりそうだ。

すっかり感じ入っているリゼットに、ヴィクトールはどこか意地悪な笑みを浮かべると、ドロワーズの中にその手を忍び込ませた。

「布の上からでは、足りないだろう？」

指先が花芯に触れた瞬間、強烈な快楽が背筋を走り抜けた。

言葉にならない声を上げて、リゼットは大きく体を震わせる。その反応に気を良くしたのか、ヴィクトールの指は充血した肉の蕾を執拗に愛撫した。

ドロワーズの中は既に、溢れた蜜でどろどろに蕩《とろ》けている。充血しきった蕾に与えられる刺激はあまりにも強すぎて、触れられるたび、腰が勝手に跳ねてしまう。

「や、あ……っ、ああっ、やぁ……っ！」

リゼットはヴィクトールの腕に縋《すが》るように、与えられる快感に耐えていた。

甘い声が激しく喉を震わせる。それが恥ずかしくてたまらないのに、どうしても抑えられない。燃え上がるような熱が全身を支配して、頭が真っ白になりそうだ。

やがて、胎《はら》の奥から激しい波のような感覚がこみ上げてくるのがわかる。

「ああっ……！　あん、あっ……ああーっ！」

快感の極みに押し上げられ、リゼットは長く尾を引くような嬌声を上げた。

余韻に浸るように荒い息を吐《は》いていると、ヴィクトールはおもむろにリゼットの腰を抱えるように立ち上がり、執務机に縋るような格好を取らせた。

マホガニーの机に柔らかな双丘が押し潰される。ヴィクトールに尻を向けるような体勢が恥ずかしかった。けれど、力の入らない体はのろのろとしか動かせない。

「……ここに、挿《い》れたい。構わないね？」

「あ……、だめ、待っ……んんっ‼」

リゼットは腰を振るようにして拒むものの、そんな抵抗はないも同じだ。尻に手を当てられ、秘裂を開かれたと思った瞬間——熱い感触が、隘路へと侵入した。

蜜の滑りを確かめるように浅い部分を二、三度往復した後、ヴィクトールはゆっくりと奥へ侵入していく。

「やぁ……、大きいの……入らな……っ」

「……いいや、全部、挿入《はい》った。……ほら」

下腹部を満たす異物感にはまだ慣れない。

息を詰めて耐えていると、ヴィクトールの指が結合部をなぞるように動いた。

「明るいと、繋がっている場所がよく見える。……こんなに華奢なのに、私のものを咥《くわ》え込んで離さない」

「や、あ……いやぁ……」

羞恥心を煽られるほど、リゼットの体は敏感になっていった。

肌だけではない。体の内側、充血しきった隘路まで、ヴィクトールの与える刺激をひとつも逃さないとばかりに鋭敏な反応を示している。

くちり、くちりと。押し付けるように腰を揺らされて、そのたびにリゼットは鈴のような啼《な》き声を上げるしかない。

やがて、ヴィクトールの腰の動きが激しくなる。

執務机に体を押し付けられるような体勢で、リゼットは与えられる快楽に耐えた。なにかに縋りたくて伸ばした手が、机の上に積まれた書類を床に落としてしまう。

「あ……っ、ごめんな、さ……っ」

「悪い子だ。……そんなに、これが悦《よ》いのか？」

煽るような声音。

肉の楔《くさび》をぐっと奥に押し込まれ、リゼットはびくびくと体を震わせるしかない。

全身が燃えるように熱い。

こんなに恥ずかしくて、こんなに弄ばれて——それでも、ヴィクトールが与えてくれるものだと思った瞬間、何もかもが愛しくてたまらなくなってしまう。

「ヴィクトール様……わたし……っ、また……っ」

隘路の襞が、幾度となく抽挿を繰り返すヴィクトールをきゅうきゅうと締め付ける。

「はぁ……っ、リゼット、そろそろ、私も限界だ……！」

苦しげにそう囁くと、ヴィクトールは腰の動きをますます速めていった。

やがて、ヴィクトールが息を詰めた瞬間、内側を満たす肉杭が膨らみ、リゼットの中へ熱いものを迸《ほとばし》らせた。

「やあ、あ……っ、あ、ああ……っ！」

同時に、リゼットの胎内も、容赦のない快楽へと達する。

先ほどまで散々に己を蹂躙《じゅうりん》した欲望が、内側から引き抜かれるのを感じながら——リゼットは、意識を手放したのだった。

＊＊＊

陽が沈む頃、私室で目覚めたリゼットは、様子を見に来たヴィクトールを部屋に入れようとしなかった。

「私が悪かった。どうか機嫌を直してくれ、リゼット」

「駄目です。いくらヴィクトール様の頼みであっても、それだけは聞けません」

「君がそばにいることが嬉しくて、浮かれてしまったんだ。もう二度と、あんなことはしない。約束する」

「それでも駄目です。今日はもう、ヴィクトール様とはお話したくありません……！」

あんな恥ずかしいことをされた後で、彼とどんな顔をして会えばいいのかわからない。

扉を挟んでの問答はしばらく続いたが、リゼットは頑としてヴィクトールの懇願を受け入れようとはしなかった。

そのうちに、扉の向こうが静かになった。

もしや、リゼットがあまりにも強情なせいで、嫌われてしまったのだろうか。

不安な気持ちで様子を窺《うかが》っていると、

「宮殿の中庭に、大きな庭園があるのを知っているか？」

唐突に、ヴィクトールはそんな話を始めた。

いきなりどうしたのだろう、と思いながらも、リゼットは扉の向こうに耳を澄ませる。

「歴代の皇帝とその家族が、宮殿における憩いの場として作った場所でね。今は、ちょうど百合の花が綺麗に咲いている」

扉の向こうで、ヴィクトールは淡々と話し続ける。

「君と共に散策をしたい。咲き誇《ほこ》る百合《ゆり》の花を楽しみながら、君が淹れてくれた紅茶を飲みたい。一人で見ることはいつでもできる。だが、二人で眺めたほうがずっと美しく思えるだろう」

ヴィクトールの言葉は、リゼットの心を動かすのに十分な力を持っていた。

（……ヴィクトール様は、ずるい）

そんな風に言われたら、もう拗《す》ねていられなくなる。

すぐにでもここを出て、彼に自分の想いを伝えたくなる。

「リゼット、お願いだ。どうか私に、一秒でも多く、君と過ごす時間をくれないか」

「……また同じことをしないと、約束してくれますか？」

リゼットは扉を細く開き――そっと、向こう側を覗《のぞ》き込んだ。

「ああ、もちろんだとも。もう二度と、君を辱《はずかし》めるような真似はしない。約束する」

「……なら、許して差し上げます」

恥ずかしそうにそう告げたリゼットを目にして、ヴィクトールは――彼のそんな顔は初めて見た、と目撃した使用人に言わしめるほどに――相好を崩すのだった。

その後、改めて話がしたいというヴィクトールを、リゼットは部屋に招き入れた。

「詫びというわけではないが……これを、受け取ってほしい」

そう切り出したヴィクトールの手には、百合の花の印章が刻まれた銀の指輪があった。

彼はリゼットの手を優しく取ると、ほっそりとした小指に指輪を嵌《は》める。

「ヴィクトール様……その、これは……？」

リゼットはどぎまぎしながら、小指の指輪とヴィクトールを交互に見つめた。

「百合の花は皇族の――私の客人だという証だ。もし、以前のように君に害を成す者が現れたら、これを見せるといい」

ヴィクトールは微かな笑みを浮かべ、リゼットの手の甲に口づけを落とす。

「……いずれ、薬指にも正式な証を贈ろう」

「え……」

いくら礼儀や世事に疎《うと》いリゼットでも、その言葉の意味は理解できた。

――薬指に嵌める指輪。それは、正式な妃に贈るためのものだ。

「でも……わたしは、側室になるのでは……」

「私は、君以外の妃を迎えるつもりはない」

ヴィクトールは強い口調でそう言い切ると、リゼットの体をそっと抱き寄せた。

「ヴィクトール様……」

彼の言葉の意味が、わからないはずがない。

何かを言おうとして、でも、どうしても言えなくて。リゼットは、潤む瞳でヴィクトール

を見上げた。

「愛している、リゼット。……君が正妃として私の隣に立つ日を、楽しみにしている」

「はい……！」

万感の思いを込めて、リゼットは頷《うなず》く。

その頬に伝う涙を指で拭うと、ヴィクトールは優しく唇を重ねるのだった。

四章

百合《ゆり》の印章が刻まれた指輪を渡されてから、数日後――。

リゼットは、ヴィクトールの案内で、宮殿の中庭にある庭園を訪れていた。

回廊状の宮殿にぐるりと囲まれたそこには、様々な植物が植えられていた。

迷路状の生け垣に咲くマートルや、赤いレンガで作られた花壇の中で揺れる鈴蘭《すずらん》。丸く刈り込まれた椿《つばき》の木。

中には、リゼットが図鑑の細密画でしか目にしたことのない植物や、まったく見たことがない花もあった。おそらくは、多くの国々と関わりを持つ分だけ、様々な種類の植物が宮殿へと運ばれてくるのだろう。

数多くの草木が植えられているにもかかわらず、決して統一性を失わずに調和を保っているその風景からは、帝国の庭師の技術と矜持が感じられた。

宮殿に滞在し始めた頃、リゼットはときどき、与えられた部屋の窓からこの庭園を見下ろしていた。

あの頃はまだ、どうすれば自分の国に戻らずに済むかということばかり考えていた。

(それほど時間が経ったわけではないのに……なんだか、懐かしい)

「どうかしたか、リゼット」

小さく笑ったリゼットに、寄り添うように隣を歩くヴィクトールが声をかける。

「いえ、なんでもありません。それよりも、あちらの花はなんという名前なのですか?」

「あれは……」

白い敷石の道を通り、二人は広い庭園の奥へと進む。

つる薔薇《ばら》の巻き付いたアーチを潜《くぐ》ると、円形の屋根を持つ純白の東屋《あずまや》と、その周囲をぐるりと取り囲むように造られた花壇が目の前に現れた。

大輪の花を咲かせた白百合が幾重にも連なり、風に吹かれて揺れている。

「百合は、シュヴェルト帝国の皇族を示す花なのだ」

ヴィクトールは、東屋の中へリゼットを導いた。葡萄《ぶどう》の蔓が刻印された柱に囲まれた中には、絹張りの椅子が一対と、猫足の丸いテーブルが置かれている。

「私はこの場所が気に入っていてね。一度、君を連れてきたいと思っていたんだ」

リゼットがヴィクトールと向かい合うように座ると、それを見計らったように二人のメイドがティーワゴンを押して現れ、紅茶の準備を始めた。

リゼットはいつものようにヴィクトールへ紅茶を淹れようとしたのだが、使用人の仕事だからとメイドに固辞され、あきらめざるをえなかった。

残念ではあるが、これも皇族の一員に加わるためのよい経験だ。侍女頭の教えを思い出し、そう納得する。

準備を進めるメイドの二人は、どちらも初めて見る顔だ。離宮と比べれば、宮殿は使用人の数がはるかに多い。いくらリゼットが使用人の真似をしたことがあるといっても、知らない顔があるのは当然だった。

同様に、彼女たちもリゼットの顔を知らないようだ。メイドたちのひとつひとつの所作から、皇子であるヴィクトールの客人として非常に丁重に扱われているのが感じられた。

色鮮やかな絵付けが施されたティーポットから琥珀色の液体が注がれると、甘い香りが立ち上る。

「御用があればいつでもお申し付けください」

深々と一礼し、メイドたちはリゼットたちのいる東屋から去っていった。

湯気の立つ紅茶と、二段のケーキスタンドに乗った焼き菓子や果物を見つめて、リゼットはほう、と感嘆のため息をついた。

「どうした、リゼット」

向かいに座るヴィクトールが、どこか愉快そうに目を細める。

「こんなにたくさんのものを出されると、目移りしてしまって……どれを食べようか迷ってしまいます」

「選べないのであれば、私の好物から味見してもらえると嬉しいのだが」

「ええ、そうします。ヴィクトール様のおすすめはどれなのですか？」

リゼットがそう尋ねると、彼は花の形を象《かたど》ったクッキーを指差した。

「これは宮殿でも指折りのシェフが作ったものだ。貴族の令嬢の中にも、特別に好む者が多いと聞いている」

「わあ、美味しそう……！　では、それを食べてみますね」

リゼットは教えられたとおりにクッキーを食べようとした。だが、すぐさまヴィクトールの手がそれを柔らかく制する。

「あの……どうかなさいましたか？」

怪訝《けげん》そうに尋ねると、ヴィクトールはおもむろにそのクッキーを摘まみ、リゼットの口元へ差し出した。

「口を開けてくれるか、リゼット」

ヴィクトールは、悪戯《いたずら》を思いついたような顔でリゼットを見つめている。

「あの……でも、わたし、自分で食べられますよ？」

「わかっている。だが、私から、君に手ずから食べさせてあげたい」

甘えたような声でそう言われて、リゼットはすっかり困ってしまった。

「辱《はずかし》めるようなことは二度としないと約束したはずですが……」

「これは辱めではない。君を可愛がっているだけだ」

物は言いよう、である。

だが、可愛がっている、と言われてしまっては、異を唱える気にもなれない。

観念したリゼットは、おずおずと唇を開いた。

ヴィクトールの指が、リゼットの口の中へゆっくりとクッキーを差し出した。唇に彼の指が触れて、心臓がドキンと跳ね上がる。

ヴィクトールのことを意識しすぎているせいか、味がよくわからない。

「美味しいだろう、リゼット？」

「あ……はい、とても」

頬を赤らめながら、リゼットはこくんと頷《うなず》いた。微笑《ほほえ》みかけるヴィクトールを見ると、とてもではないが、本当のことを言えるはずもない。

しかし、彼は何もかもを見通しているかのように口の端を上げると、別の焼き菓子を摘まみ、再びリゼットへ差し出した。

「次はこちらを。古株のシェフがもっとも得意としているマドレーヌだ」

「ヴィクトール様、お気持ちは嬉しいのですけれど、その……」

「食べてくれないのか？」

残念そうな声でそう言われてしまうと、リゼットはどうしても逆らえない。

再び、遠慮がちに口を開いた彼女の元へ、ヴィクトールの指が焼き菓子を運ぶ。

——その戯れは、ヴィクトールが満足するまで続いたのだった。

＊＊＊

リゼットとヴィクトールは、甘やかな戯《たわむ》れに興じながら、緑豊かな庭園の風景と紅茶を楽しんでいた。

だが、そこに不意に慌ただしい足音が近づいてくる。ヴィクトールが眉根を寄せて振り向くと、生け垣の向こうから現れたのは、彼の側近である赤毛の青年だった。

「何事だ、フランツ。邪魔をしないようにと命令したはずだが」

「申し訳ありません。ですが……」

フランツと呼ばれた青年はヴィクトールの側《そば》へ寄ると、何事かを耳打ちする。

途端、ヴィクトールの眉がぴくりと跳ねるのがわかった。

（なにかあったのかしら……？）

リゼットが静かに様子を窺《うかが》っていると、フランツは丁寧な一礼をした後、足早にその場を去っていった。その後を追うように、ヴィクトールもすぐさま立ち上がる。

「すまない、リゼット。すぐに戻るので、ここで待っていてくれるか」

「はい、ヴィクトール様。でも、あまりお仕事が立て込まれているようなら、わたしは一人で離宮に戻りますけれど……」

「いや、その必要はない。何よりも、私が君との時間をもっと過ごしたいのでな」

ヴィクトールの顔に、蕩《とろ》けるような微笑が浮かんだ。

以前からは考えられないほど表情豊かなヴィクトール。その変化に自分への確かな愛情を感じ、リゼットは落ち着かない気分になってしまった。

「ええと……では、ここでお待ちしていますね」

「頼む」

ヴィクトールが早足でその場を去ると、庭園には再び、穏やかな静けさが訪れた。

愛らしい小鳥の鳴き声がどこからか聞こえてくる。可愛らしい花に止まる蝶《ちょう》を眺《なが》めながら、リゼットは椅子に身を預けるようにしてくつろいだ。

すると、そこに足音が近づいてくる。ヴィクトールが戻ったのかと姿勢を正すと、現れたのは先ほどの給仕とは違うメイドだった。

「失礼いたします。……リゼット様、よろしければこちらもいかがですか？」

彼女は小皿に入ったすみれの砂糖漬けを置くと、申し訳なさそうに頭を下げる。

「先ほど出すのを忘れてしまいました。申し訳ありません」

「まあ、そうなのね。どうか、気になさらないで」

リゼットがそう伝えると、メイドは安心した様子で足早に去っていく。

やがて、入れ替わるように、ヴィクトールが戻ってくる姿が見えた。

「一人にしてすまない。……今のは？」

「先ほど用意するのを忘れていたからと、こちらを持ってきてくださったのです」

「これは……すみれの砂糖漬けか？」

テーブルの上に加わった小皿を見つめ、ヴィクトールは難しい顔で腕を組んだ。

その様子に、リゼットは慌てて口を開いた。

「あの、どうか使用人を咎《とが》めないでいただけませんか？　失敗は、誰にでもあることです」

リゼット自身も使用人として何度となく失敗をしたことがある。そのときのことを考えると、どうしても言わずにはおられなかった。

「それに、心遣いがとても嬉しいのです。こんなに可愛らしいと、紅茶の時間がますます楽しくなりま……」

角砂糖を摘まむためのトングで花びらを摘まみ、紅茶に浮かべる。

だが、その瞬間――ヴィクトールがさっと顔色を変え、リゼットの手元に置かれたティーカップを乱暴に払い除けた。

地面に跳んだカップが音を立てて割れる。

「ヴィクトール様、何を……!?」

しかし、彼はその質問には答えず、リゼットの手を少し乱暴に握った。

「飲んでいないな？」

「は、はい……」

ヴィクトールの迫力に押されながら、リゼットはおずおずと頷く。

（あら……？）

——と、そこでリゼットは、初めて異変に気がついた。

ヴィクトールの視線の先を辿ると、そこには先日プレゼントされた指輪がある。銀で作られた百合の印章部分が、鈍《にぶ》く変色しているのだ。

リゼットがそれを不思議に思っていると、ヴィクトールは険しい表情で、控えていた給仕のメイドたちを呼びつけた。

「この中に、先ほどすみれの砂糖漬けを持ってきた者はいるか？」

「いいえ、おりませんが……」

リゼットがそう答えると、ヴィクトールは険しい表情の中にわずかな安堵を見せた。

「今、部下を呼ぶ。せっかくの時間を中断させてすまないが、先に離宮に戻ってほしい」

「はい。ですが、何故……？　この指輪と関係があるのですか？」

「銀は薬物と反応して変色が起こりやすい。おそらく、君の紅茶に毒物が含まれている」

「薬物？　……まさか」

リゼットはおそるおそるといった様子で、地面に落ちたティーカップを見つめた。

紅茶には何度も口をつけた。けれど、今のところリゼットの体に異常はない。

「今日の焼き菓子はすべて私が指定して用意させたものだが、その中にすみれの砂糖漬けは含まれていない。……私の不在を好機とした何者かが、君を狙った可能性がある」

「そんな……！」

「君にその指輪を渡した甲斐があったというものだな。……できることなら、こんなかたちで役に立ってほしくはなかったが」

痛みを堪えるような顔のヴィクトールに、リゼットはどんな言葉をかければいいのかわからなかった。

街中で暴漢に襲われたときのように開かれた場所での犯行ではない。宮殿という、ヴィクトールにとって日常的な場所であるにもかかわらず、こうした事態が起こるのだ。

今までの慣習を改め、まったく新しい道を選択するというのは、これほどの苦労や脅威が伴うものなのだろう。

「君が無事でよかった。……今後は、警備をより厳重なものにする」

やがて、警備の兵に付き添われて離宮へ戻るリゼットに、ヴィクトールはひどく固い声でそう告げた。

その声の内側に潜む嘆きが、リゼットにだけはありありと理解できる。

けれど、今はただ、彼に守られることしかできなかった。

＊＊＊

庭園での一件から数日。離宮では数人の近衛兵が警備に当たることになった。

彼らは皆人当たりがよく、使用人たちも元々顔見知りなのか、以前と変わらない穏やかな時間が流れていた。

しかし、リゼットはふとした瞬間に、守られているのだと感じることがあった。

リゼットの身支度に付く侍女の数が増えたり、以前よりも食事の準備に時間がかかるようになったり、ひとつずつ挙げていけばきりがない。

リゼット自身も、使用人の手伝いをしたり、一人で散歩に出たりしないようにと、侍女頭からきつく言い含められていた。

それを窮屈に感じるわけではない。ただ、自分だけが優しく包み込まれるように守られていると、どうしてもヴィクトールのことを心配してしまう。

ヴィクトールは、以前にも増して執務に打ち込むようになった。一日の大半を宮殿の閣議室で過ごし、離宮の自室に戻らない日すらある。

このままでは、彼の方が参ってしまうのではないだろうか。体も、心もだ。

そんなある日、ヴィクトールが珍しく執務室で仕事をしていると聞いたリゼットは、彼のためにまた紅茶を運びたいとメアリに頼むことにした。

「駄目です。いくらリゼット様の頼みでも、それは聞けません」

メアリからの返答は芳《かんば》しくないものだった。

「どうして？　わたしは、ヴィクトール様にあの紅茶を淹れて差し上げたいだけなの」

「二人きりにして差し上げたいのはやまやまですが……今は、勝手なことをしないように、ときつく命じられています。すべては、リゼット様の身を案じてのことです」

「ええ、わかっています。でも、どうしても心配なの。お願い、メアリ……！」

切実な訴えに、メアリはしばらく考え込んでいた――が、やがて深々とため息をつく。

「わかりました、なんとかしてみます。でも、これ一回だけですよ。リゼット様」

「ええ、ええ！　我が儘を聞いてくれてありがとう、メアリ！」

リゼットが大輪の花のような笑顔を浮かべるのを見て、メアリは困ったように肩をすくめるのだった。

＊　＊　＊

メアリの協力を取り付けたことで、リゼットは誰に見咎められることもなく、執務室を訪れることができた。

「失礼します。……ヴィクトール様、紅茶をお持ちしました」

返事を待って室内に入ると、そこにはヴィクトールの他にもう一人、見知らぬ女性の姿があった。

「……リゼット……？」

「あら、見かけない顔ね。新しい使用人？」

ヴィクトールが驚愕の表情を浮かべる横で、その女性は明らかな不快を示すかのように眉を寄せる。

金の髪に紫の瞳の、気が強そうな顔立ちの女性だった。年の頃はリゼットよりも少し上だろうか。身に纏《まと》うドレスは上質なもので、高貴な身分であることがひと目でわかった。

「悪いけれど、わたくしは今、ヴィクトールと大切な話をしているの。さっさと紅茶を置いて出ていってもらえるかしら？」

「いえ、わたしは……」

「イザベル。彼女はクロンヌ王国の王女、リゼット。私の大切な客人だ」

ヴィクトールが冷徹な声で窘《たしな》めると、イザベルと呼ばれた女性は眉を跳ね上げ、リゼットをじろじろと見回した。

「ふぅん、貴女が噂の……。勘違いしてごめんなさいね、でも、お茶の準備なんて、普通は使用人の仕事でしょう？　貴女、王族のくせに下働きのようなことをなさるのね」

はっきりと物を言う性格なのだろう。思わず気圧されたリゼットだったが、やがて困ったように微笑みを浮かべる。

「たしかに変わっているかもしれません。ですが、わたしはヴィクトール様に少しでも安らいだ時間を過ごしてもらいたくて、自分にできることをしているだけですから」

「……変な人。ヴィクトールは、そういう物珍しいものは嫌いだとばかり思っていたけれど、そういうわけでもないのかしら？」

どこか憮然とした面持ちでイザベルが呟く。ヴィクトール、と名前を呼び捨てにする、その親密さに、リゼットは少しだけ心が騒めくのを感じた。

「イザベル、今日のところは帰るように。詳しい話は、後日また」

「わかりましたわ」

咎めるようなヴィクトールの言葉に艶然《えんぜん》とした笑みを返すと、イザベルは気品の感じられる足取りで執務室を出ていった。扉の脇に立つリゼットには目もくれない。

「あの、ヴィクトール様。今の方は……？」

「イザベル・ベーレンス。前皇帝の懐刀と言われた宰相ベーレンスの一人娘で、私から見て従妹に当たる女性だ」

宰相ベーレンスの名はリゼットも知っている。ヴィクトールの母、亡き皇后の弟に当たる人物で、前皇帝の優秀な右腕だったと、勉学の時間に教わった。

「わたし、きちんと挨拶《あいさつ》もせずにすみませんでした」

「構わない。こちらこそ、彼女が失礼をした。地位は君の方が高い」

ヴィクトールは微《かす》かなため息をつくと、紅茶が置けるようにと手元の書類をまとめて脇に寄せる。

「ところで、君はどうしてここに？　勝手なことをしないようにと言っておいたはずだが」

「……ごめんなさい。メアリに無理を言って、二人きりにしてもらったのです」

「君を守るためだというのに、仕方のない姫君だ」

ヴィクトールは小さくため息をつくと、厳しい面持ちを不意に緩めた。

「だが、こうして君の顔を見てしまっては、許すほかなくなってしまう」

「そう言っていただけて安心しました。でも、我が儘はこの一度だけにします」

「ああ、そうしてくれ」

肩を竦《すく》めるヴィクトールに、リゼットははにかむような笑みを浮かべた。

用意したのは、以前も彼に淹れた、疲労回復に効くという紅茶だ。

紅茶の準備をしながら、リゼットはふと、先ほど言われたことを思い出していた。

（使用人だと思った……これでは、そう言われても仕方ないのでしょうね）

継母に軟禁されるようになってから、リゼットは王族らしい教育を受ける機会に恵まれなかった。今になって必死に身に着けている最中だ。

対して、先程のイザベルは、ほんの少し会話をしただけでも、気品に満ちた立ち居振る舞いを身につけていることがわかる。

このまま正妃になれば、いつか、ヴィクトールに恥をかかせてしまうかもしれない。

リゼットがしゅんとしてしまったのを見ると、ヴィクトールは椅子から立ち上がり、おもむろに彼女の体を優しく抱き寄せた。

「ヴィクトール様……？」

「君は、そのままでいい。それが君の魅力だ」

「でも……」

「他でもない私が、君を選んだのだ。誰にも異を唱えさせはしない」

その心遣いが嬉しくて、リゼットはほっと息を吐《は》く。

「ありがとうございます、ヴィクトール様。……でも、そろそろ離れてくださらないと、紅茶の準備が終わりませんわ」

「そうだな」

柔らかく微笑み、ヴィクトールがリゼットを解放する。

「あまり時間は取れないが……休憩の間だけ、話し相手になってくれるか？」

「はい、喜んで」

そうして二人は、束の間の逢瀬を楽しむのだった。

＊＊＊

リゼットを送り出した後、ヴィクトールは宮殿の北棟で行われる閣議に向かった。

閣議室に置かれた長机には既に先客の姿がある。

「ベーレンス宰相、待たせたか」

「これは、ヴィクトール殿下。私が早く到着しすぎただけですので、お気になさらず」

鈍色の髪を撫《な》でつけた壮年の男は、温和な笑みを浮かべた。

一見すると人当たりのいい笑みに、しかしヴィクトールは硬い面持ちを崩さない。

――マルク・ベーレンス。亡き母の生家、ベーレンス公爵家の当主である彼は、現在のヴィクトールにとって最大の政敵であると言えた。

前皇帝の腹心として、開いた戦端は数知れず。他国との交渉で一枚でも多くの金貨を積ませ、領土をめぐる調停に優秀な手腕を発揮した彼は、現在も侵略戦争に肯定的な強硬派の支持を数多く集めていた。

対するヴィクトールはといえば、侵略戦争に否定的な穏健派として皇帝に即位することを明言している。

シュヴェルト帝国の政界において、勢力を分かつ二人。それがヴィクトールとベーレンス宰相だった。

「ところで、宰相。先日、私の客人が狙われた件についてだが」

「報告は耳にしております。殿下の客人に危害を加えることは、殿下ご自身を脅かすも同然。軍部に命じ、犯人の割り出しを急がせております」

（……狸芝居も、ここまで来ると芸術だな）

嘆かわしい、と大仰に首を振った宰相を、ヴィクトールは冷ややかに見据える。

リゼットを狙ったのは彼の差し金だろう。ベーレンス宰相は、以前からヴィクトールと娘のイザベルの婚礼を強固に推し進めようと企んでいた。

「ああ、一刻も早く見つけるように。彼女は、私の妻となる人だ」

「では、彼女を側室として迎えるのですね。それがよろしいでしょう。クロンヌ王国とは今後ともよい関係を築いておくべきです」

「宰相。なにか勘違いをしているようだが、私は」

「イザベルも喜んでいましたよ。正妃と側室、同じ皇帝を支える者として、姉妹のように仲良くできればと申しておりました」

やんわりと、しかし反論を許さない声音で、宰相はヴィクトールの言葉を遮《さえぎ》る。

「イザベルを娶《めと》るつもりはない。何度言わせれば理解できる？」

「殿下こそ、子供のような駄々を口にするのはやめていただきたいものですな」

抜き身の刃のように鋭い言葉が、室内を冷ややかな緊張感で包んだ。

「ヴィクトール殿下は次代のシュヴェルト帝国を率いるお方。従属国の姫君を正妃に迎えるようなことがあれば、我が国の威信にかかわります。まさか、そのような愚行を選ぶつもりはありますまい？」

「私は考えを変えるつもりはない」

「そうですか、困ったものです」

どちらも引き下がる様子はない。誰も口を挟めるはずがなく、周囲の人々は二人の応酬を黙ったまま見守っている。

「ですが、殿下がそのように夢を望んだところで、いつかは現実に引き戻される日が来ましょう。これ以上、クロンヌ王国の姫君に何事も起こらないよう祈りたいものですな」

「私は夢で終わらせるつもりはない。が、充分に留意しておこう」

話は終わりだとばかりに宰相から視線を外すと、周囲の官僚が安堵のため息を漏《も》らすのが聞こえた気がした。

（……忌々しい）

先ほどの言葉は脅しだ。ヴィクトールが考えを変えない限り、リゼットは宰相を筆頭とした強硬派から命を狙われ続けるだろう。

だが、今ここで宰相を表立って敵に回すような真似はできない。

第一皇子という地位があっても、ヴィクトールの地位は確固たるものとは言い難かった。

宰相の反感を買えば、背後にいる強硬派が黙ってはいないだろう。前皇帝の治世において実権を握っていた彼らが本気を出せば、即位はおろか、第一皇子としての地位すら危ういものとなる。

今は忍耐のときだ。そう分かっていても、腹の内側は怒りに燃える。

決してそれを表に出さないようにしながら、ヴィクトールは予定された閣議を進めた。

閣議は延々と続く。皇帝亡き後、ヴィクトールは指導者として出来る限りの務めを果たしているものの、国政は未だ、混迷を極めている。

やがて、すべての議題が終わる頃には、すっかり夜も更けていた。

疲れ切った顔の官僚たちが、次々と席を立つ。ヴィクトールも顔にこそ出していないものの、疲れ切った体を深々と椅子に預けていた。

「ああ、ヴィクトール殿下」

だが、宰相は疲れを見せずに立ち上がったかと思えば、思い出したように口を開く。

「次の満月の晩の舞踏会では、どうか、イザベルをエスコートしていただければと」

「……わかっている」

ヴィクトールは渋々といった様子で頷く。

本来であれば、リゼット以外を社交界の催しに伴うつもりはない。

だが、今はそのような我を貫き通すことにも限界があった。

先帝の葬儀をあれほど迅速に行うことができたのは、宰相の協力あってのことだ。イザベルと共に舞踏会に出るのは、その交換条件として示されたものだった。

もちろん、これを好機として、宰相がイザベルとの関係性について、外堀を埋めてくることは目に見えている。

次の満月まであと四日。宰相の思惑をどう回避するか、早急に考える必要がある。

それとも――。

「……何か？」

ヴィクトールの視線を受け、宰相は訝《いぶか》しむように目を細める。

「いや。もう下がってよい」

「そうですか。では、夜会の件、どうかよろしくお願いいたします」

宰相が退室するのをきっかけに、閣僚たちが次々と去っていく。最後まで部屋に残るのは、ヴィクトールと側近のフランツ、ただ二人だ。

「フランツ。……例の件はどの程度進んでいる」

「準備は完了しております。あとは、ヴィクトール様のご命令さえいただければ」

「そうか」

「ですが、リゼット様はどうなさるおつもりですか。このまま離宮に留まるようなことがあれば、おそらくは……」

「わかっている。……先方からは何か返事はあったか」

「彼女の身を守るためであれば協力は惜しまない、と」

「援軍を出す気はない、ということか。……勝率は五分五分、といったところだな」

「なにか手を打ちますか」

「……いや、あの方には、あくまで丁重な返事を」

ヴィクトールは静かに立ち上がる。

「今日はもう、離宮で休む。例の件は次の舞踏会が終わり次第、決行する」

「御意」

折り目正しく一礼するフランツを背に、ヴィクトールは閣議室を後にした。

今すぐ、リゼットに会いたい。柔らかな肌に触れ、その微笑みを目に焼き付けたい。

(このままでは、彼女を政争に巻き込むことになる)

ヴィクトールにとって、それだけは絶対に避けたい事態だった。彼女は故郷でも、同じように対立する二者の板挟みになっていたのだから。

(……君を、二度と危険な目に遭わせはしない)

だが、そのためには――。

確かな決意を胸に抱くと同時に、ヴィクトールの瞳には哀《かな》しみが浮かぶのだった。

＊　＊　＊

今日も、ヴィクトールは遅いのだろうか。

離宮の窓から見える壮麗な宮殿は、夜の闇に包まれてなお、いくつも灯された明かりによって白く浮かび上がる。

あの明かりのどこかで、ヴィクトールが仕事をしている。そう思うと、自分もここで頑張ろうと思える。リゼットは寂しくなるたびに、自分の心にそうして活を入れていた。

しかし、今日は――リゼットが夜着のワンピースに着替え、寝台に入ろうとした頃、規則的な足音が近づいてくるのが聞こえた。

「リゼット。……まだ、起きているか？」

「ヴィクトール様……？」

リゼットは早足で扉に近づき、来訪者を招き入れる。

「突然来てしまってすまない。どうしても、君に会いたかった」

「そんな、謝らないでください。わたしも、いつだってヴィクトール様のお顔を見たいのですから、こうして足を運んでいただけて嬉しいです」

昼間、執務の合間に会えただけに留まらず、こうして夜も会うことができるなんて。

リゼットはふわりと微笑んだ。と、その華奢《きゃしゃ》な体が強引に抱き寄せられた。

「ヴィクトール様……？」

広い胸に抱きすくめられ、身動きひとつ取れない。

いったいどうしたのだろう、とリゼットはヴィクトールを見上げた。

答えはない。その代わりに、性急な口づけが降ってくる。

何度も、何度も繰り返し唇が重なる。まるで貪《むさぼ》るようなキスだった。唇が乱暴に割り開かれ、熱い舌がリゼットの口腔内へと侵入する。

「ん……っ、ふあ、……っ」

怯えた舌を絡められ、きつく吸われると、全身から力が抜けてしまう。

ぐったりとしたリゼットを寝台に運ぶと、ヴィクトールは無言でその上に覆い被さった。

首筋をきつく吸われ、同時に大きな手が夜着の薄い生地越しに胸の膨らみへと触れる。乱暴に揉みしだかれ、リゼットは悲鳴のような声を上げた。

「あ、……や、ぁ……っ」

指先で胸の頂《いただき》を探られ、ぎゅっと摘まれる。いつもからは考えられないほどの荒々しさにもかかわらず、リゼットの体は確実に淫《みだ》らな反応を示していた。

（ヴィクトール様、だから……）

彼に求められる。それだけで、身も心も喜びで満たされてしまう。

けれど、こんな風に、リゼットの意思を無視したような行為は初めてで――怖い。

ヴィクトールは額に浮かぶ汗を拭うと、クラヴァットを緩め、乱暴な手つきでシャツを脱いだ。露《あら》わになる胸板の逞《たくま》しさを目にし、リゼットの心臓が鼓動を速める。

「ヴィクトール様、……っ、いったい、どうなさったんですか……っ？」

堪えることのできない嬌声の合間に、リゼットは必死になってそう問いかけた。

けれど、見つめ返す彼の瞳は、どこか暗い情念に満ちていた。答えの代わりに、夜着の上からぐりぐりと胸の頂を押し込まれた。体の奥に突き刺さるような快感に、リゼットは猥《みだ》りがましく体を揺らす。

やがて、ヴィクトールは夜着の裾を捲り上げ、リゼットの裸身を晒《さら》した。

白い肌は快感に昂《たかぶ》るように上気し、散々に攻め立てられた胸の先端は充血して尖《とが》っている。

ヴィクトールは何かに急かされるようにそこへ強く吸い付いた。

「ああ……っ！」

じゅるじゅると音を立てて吸われると、快感で腰が抜けそうになる。熱い舌先で執拗に蕾を転がされるたびに、リゼットの口からは堪えきれない甘い声が漏《も》れた。

震えるリゼットの下腹部を辿るように大きな手が下肢へと伸びる。瞬く間にドロワーズをはぎ取られ、剝《む》き出しになった足の間に指が差し込まれた。

「は……っ、ああっ、や……っ！」

「……濡《ぬ》れている」

低く、囁《ささや》かれた。その甘い響きに全身がぞくぞくと震えてしまう。

ヴィクトールの言うとおり、リゼットの秘裂は既にとろとろと蜜を零《こぼ》し、彼の指を容易に迎え入れた。

充血した淫肉を割り開かれ、付け根にある肉の蕾をぐり、と押し込まれる。恐ろしいほどの快感に、腰が勝手に跳ねてしまう。

蜜を纏《まと》わせた指は、その後も執拗に蕾を愛撫し続けた。ぷくりと膨らんだそこを幾度も擦られ、そのたびにリゼットは言葉にならない喘《あえ》ぎ声を上げる。

下腹部の奥が急速に熱を帯び――やがて、頭の中が真っ白に弾《はじ》けた。

「あっ……ああっ、やぁーっ！」

しかし、絶頂を迎えてなお、ヴィクトールの攻めは止むことがなかった。

痙攣する蜜口に指が差し込まれ、滑りを確かめるように往復する。

不意にぞくぞくとした感覚が胎内に走る。リゼットの反応を見逃さず、ヴィクトールは内壁の一点を指で圧迫するように愛撫した。

「は、あ……や、あっ……ん……っ」

声が蕩けていく。自分でも驚くような甘い響きが喉から零れ、羞恥心《しゅうちしん》は高まる一方だ。けれど、一度極めてしまった体は快楽に貪欲で、蜜口がキュウキュウと収縮するのを抑えられない。

「……凄いな。食いちぎられそうだ」

愉悦を含んだ囁きに、リゼットの肌が粟立つ。薄い唇に耳朶を食《は》まれ、熱い吐息を感じると、ヴィクトールの興奮が直に伝わるように思えて、体が震えた。

「あ……、ヴィクトール、様……っ」

隘路を何度も指が行き来する。濡れた水音に聴覚までも犯されて、頭がおかしくなりそうだ。そうして激しく攻め立てられると、やがてリゼットの内側はジンジンと痺《しび》れて——もっと欲しいと訴えるようにひくつき始めた。

「……私が、欲しいか？」

指の動きを緩めたヴィクトールが、リゼットの耳元でそう尋ねる。

リゼットは恥じらいのあまり目をつぶった。そんな問いかけ、答えられるはずがない。

「欲しいのだろう？　正直に答えるんだ」

「ゃ、あ……っ！　ああ……」

人差し指と中指で内側をゆるゆると往復しながら、空いた親指で花芯を捏《こ》ねられる。強烈な快感がこみ上げてきて、リゼットは攻め立てられるたびに甘い啼《な》き声を上げた。

「わかるだろう、リゼット。君の体も、心も、私のものだ」

「あ……あっ、ああ……っ！」

「欲しいと言うんだ。言ってくれ、リゼット……」

懇願するような声。これでは、どちらが追い詰められているのかわからない。

ぐずぐずに溶けきった内側はせつなげに収縮し、更なる刺激を待ち詫びている。

「……おねが……ヴィクトール、様……」

――とうとう、リゼットは陥落した。

「わたしの中を……ヴィクトール様で、いっぱいに……ああっ！」

その答えを待っていたとばかりに、ヴィクトールはトラウザーズをくつろげ、そそり立つ肉杭を取り出すとおもむろに胡坐《あぐら》をかく。何をするのだろう、と思う間もなく、その腕は軽々とリゼットの体を持ち上げ、蜜に溢れる秘裂を突き上げた。

体の中を強引に割り開かれると、経験の浅さもあり、隘路は未だ裂けるような痛みを訴えた。けれど、それだけではない。

「あ……っ、ああっ、や、あ……っ！」

ゆっくりと引き抜かれたかと思えば、下から一息に貫かれる。その抽挿は、リゼットの胎内に確かな快楽を生み出していた。

リゼットの反応に気づいたのだろう、ヴィクトールが小さく笑う。

「……ここが、悦いのか？」

肉杭のくびれで敏感な場所を執拗に擦り付けられ、リゼットは甘い吐息を零す。

繋がった場所が、触れ合う肌が、リゼットの腰を掴む手が——何もかもが、溶けてしまいそうなほどに熱い。

「リゼット……もっと、もっと君を感じさせてくれ……っ」

「や……あああっ！」

ひときわ奥を突かれ、リゼットは言葉にならない声を上げた。小刻みに刺激されるたび、恐ろしいほどの快感を覚えて、目の端に涙が浮かぶ。

こんな感覚は知らない。全身が総毛立ち、強制的に官能の極みに押し上げられていく。

「あっ……や、……ああっ！」

体を弓なりに逸《そ》らすような格好で、リゼットは二度目の絶頂を迎えた。

しかし、ヴィクトールの腰は止まる様子を見せない。彼女を強引に寝台に押し倒してその内側を深々と貫き、最奥にある熱の坩堝《るつぼ》から快感を引き出し続ける。

「あ、いや……っ！　やめ……わたし、また……っ!!」

びくん、と再びリゼットの体が痙攣してもヴィクトールは動きを緩めることなく彼女を攻め立てる。繰り返される抽挿に、結合部から溢れる蜜が白く泡立っていた。

「リゼット……リゼット……っ！」

苦しげな声で何度もヴィクトールが名前を呼ぶ。それすら、今のリゼットには快楽を拾うための刺激になってしまって。

華奢な体を押し潰すようにして、さらに深くまで交わるヴィクトール。リゼットは大海の中で溺《おぼ》れ彷徨《さまよ》うように、彼の腕に爪を立てて縋《すが》りついた。

「リゼット……どうか、一緒に……！」

懇願するようなその声に、リゼットは何度も頷《うなず》く。

ヴィクトールの動きが激しさを増す。胎内の熱が急速に上がり、身も心も溶けて、意識が曖昧になっていく。

「あ、ああ……っ！」

やがて、胎内に熱い飛沫が放たれるのを感じながら、リゼットは幾度目かもわからない快楽の極みに達したのだった。

行為を終えた後。リゼットはヴィクトールの腕の中で、気怠《けだる》さに身を任せるように微睡《まどろ》んでいた。

頭を撫でられる感覚が心地いい。その優しさは、先ほどの激しさが嘘だったかのようだ。

「……リゼット。どうかこの先、どんなことがあったとしても、私のことを信じてほしい」

リゼットの額にかかる前髪を梳きながら、ヴィクトールはそう囁く。

(……どうして、そんなことをおっしゃるのかしら)

その理由を尋ねようとしたものの、激しい快感に晒された体はひどく疲れ切っていて、言うことを聞いてくれない。

「君を、愛している。……たとえ私が、……」

そこでリゼットの意識は眠りに呑まれ、とうとう、ヴィクトールの言葉の先を聞くことは適わなかった。

五章

「リゼット様、お聞きになりましたか？　次の満月の夜、宮殿の大広間で舞踏会が開かれるんですって」

その日、侍女たちは朝からその話題で持ち切りだった。

「亡くなられた皇帝陛下の喪が明けたことを知らせる会なんでしょう？　ヴィクトール様はきっと、リゼット様を未来のお妃として紹介されるはずですよ」

リゼットの髪を梳きながら、メアリはどこか浮かれた様子だ。ドレスを用意する侍女も、意気揚々といった様子で何度も頷《うなず》いている。

「私たち、腕によりをかけてリゼット様をお美しくしますから！　任せてくださいね！」

「……え？　ええ、ありがとう」

だが、興奮する侍女たちとは対照的に、リゼットはどこか愁《うれ》いを帯びた顔で、心ここにあらずといった様子だった。

激しく抱かれたあの一夜から、一週間。ヴィクトールとは、一度も顔を合わせていない。

朝も、夜も。離宮で彼の姿を見かけることはなかった。

――もしかしたら、リゼットを避《さ》けているのではないだろうか。

不意に、そんな考えが脳裏をよぎる。

（……まさか、ね）

ただの考え過ぎだと思いたいけれど、どうしても不安が消えない。

今思い返しても、最後に会ったとき、ヴィクトールは明らかに様子がおかしかった。

――私のことを信じてほしい。

――どうかこの先、どんなことがあったとしても。

まどろみの中で耳にした言葉。何故、わざわざそんなことを口にしたのだろう。

侍女たちに気づかれないよう、リゼットがため息をついたその時。おもむろに、部屋の扉が叩《たた》かれた。

「リゼット様、ヴィクトール様からお手紙ですわ」

侍女から手渡された手紙の封を切ると、中から現れたのは舞踏会の招待状だった。

流麗な文字で記された文面を目にして、リゼットは涙が零《こぼ》れそうになった。

（……久しぶりに、ヴィクトール様にお会いできる）

少しくらいなら、ゆっくりと話ができるだろうか。舞踏会なのだから、もしかしたら、彼と踊ることができるかもしれない。

想像すると、自然と心が躍ってしまう。さっきまで不安だったのが嘘のようだ。

「銀の髪には真珠を飾りましょう。たしか、とびきり上等なものがあったはずです」

「では、ドレスは光沢と透けた生地の組み合わせで……」

「ほかのアクセサリーは……」

「準備はすべて私たちに任せて、リゼット様はどーんと構えていてくださいね！」

湧き立つ侍女たちを代表するように、メアリが力強くそう宣言する。

「……ええ。よろしくお願いします」

侍女たちの心遣いが嬉しくて、リゼットはようやくほのかな笑みを見せるのだった。

＊　＊　＊

夜空に大きな満月が浮かぶ頃、リゼットは侍女のメアリに付き添われ、宮殿の大広間へ向かった。

宮殿の中でも、大広間は帝国の威光を示すかの如《ごと》く、豪奢《ごうしゃ》な雰囲気《ふんいき》を醸し出している。

四方の壁はそれぞれ春夏秋冬の風景を描いた壁画で飾られ、高く伸びる柱には流線型の文様が彫られている。天井からは大きなクリスタルのシャンデリアが吊《つ》るされ、室内をきらびやかな光で照らし出していた。

既に広間のあちこちで、麗しく着飾った大勢の男女が談笑に興じている。さざめくような笑い声、交わされる視線――その雰囲気だけで、慣れないリゼットは気圧されてしまう。

「どうなさいました、リゼット様」

大広間の入り口で立ち竦《すく》むリゼットに声をかけるのは、付き添いとして同行しているメアリだった。

「わたし、こういう場所は慣れなくて……」

「何事も経験です。それに、ヴィクトール様のお妃になるのであれば、こういう場には慣れていただかないと」

政争に巻き込まれ、社交界デビューを逃したリゼットとは対照的に、メアリはこういった催しには慣れているのだという。なんでも、今では没落してしまったが、男爵家の出身なのだそうだ。そのため、こうして今日も付き添いを許されている。

「それはそうだけど……きゃっ」

リゼットが気後れしていると、背後に控えたメアリがそっとその背を押した。思わず一歩を踏み出すと、波紋のように微かなざわめきが広がっていく。

（な、何……？）

早速、無作法な真似をしてしまったのだろうか。慌てるリゼットとは対照的に、控えるメアリは満足そうに笑っている。

今日のリゼットは、人生で初めてというくらいに飾り立てられていた。

複雑に結い上げた髪に真珠を散らし、雪のように白い肌には、それがますます際立つようにと光沢のある肌粉が重ねられている。大きく胸元の開いたドレスは織り方の違う薄青のシルクが透けるようにあしらわれ、ふんわりと丸く広がる裾はまるで童話に出てくる妖精のような風合いだ。

少し派手なのでは、とリゼットは侍女たちを止めようとしたのだが、誰一人としてそれを聞き入れてくれるものはいなかった。

なので、今、周囲にどんな風に思われているのか、まったく想像もつかない。

「皆、リゼット様に見惚《みと》れておいでなのですよ」

「ええ？　そんな、まさか……」

「私たちの仕事は完璧ですもの。きっと、ヴィクトール様もお喜びになります」

シュヴェルト帝国ほど広大な国であれば、リゼットより美しい女性などいくらでもいそうなものだが、メアリは自信たっぷりにそう言い切ってみせる。

「そう、かしら……」

周囲の目を惹《ひ》くことには抵抗があるが、ヴィクトールに好ましく思われることは純粋に嬉しい。リゼットは彼が現れるまで、目立たない壁際でおとなしくしていることにした。

時おり視線を感じるものの、誰もリゼットに話しかけようとする者はいない。そうして静かに待つうち、やがて大広間の入り口から大きなざわめきが生まれた。

「第一皇子、ヴィクトール殿下、御入場！」

侍従が高らかにその名を告げると、リゼットは緊張に鼓動を速める。

しかし――現れたその姿を見て、

「え……？」

リゼットは、己の目を疑った。

どうして、ヴィクトールの隣に女性が――イザベルがいるのだろう。

何故、彼に手を引かれ、輝くような笑みを浮かべているのだろう――？

「あれは宰相閣下のご息女、イザベル様ではないか。なんとお美しい……」

「やはり、未来の正妃に選ばれたという噂は本当だったのだな」

「宰相閣下と共に国を盛り立ててくださるのであれば、これほどに心強いことはない」

周囲の人々が口々にそう囁き始めたのが、リゼットの耳に届く。

眩《まばゆ》いばかりの金の髪を豪奢に結い上げ、宝石交じりの華やかな刺繍《ほこ》を施されたドレスを身に纏うイザベルの姿は、周囲の言うとおり、正妃に相応しい気品や誇り高さに満ち溢れているように思えた。

体が勝手に震え始める。これ以上、視界にその光景を映していたくない。

「……リゼット様？　リゼット様、お待ちください……！」

メアリが制止するのも聞かず、リゼットはその場から逃げるように走り去ったのだった。

＊＊＊

リゼットは、大広間と繋がる廊下の片隅で、ぼんやりと立ち竦《すく》んでいた。

そこは舞踏会の参加者が休憩を取るための控室と繋がっている。行き来する使用人に何度か気遣うように声をかけられたが、リゼットは無言で首を振ることしかできなかった。

動きたくても、足は一歩も進めない。ここまで辿り着いたときに、すべての気力を使い切ってしまったのだろう。

（……どうして？）

愛している、と。ヴィクトールはリゼットに何度もそう囁いた。その気持ちは嘘ではないと断言できる。

正妃になるのはリゼットだ、とも言ってくれた。いつか、指輪を渡すとも。

では、今夜の出来事はいったい何なのだろう。

わからない。ただ、心の中が悲しみに押し潰されそうだった。

そうして立ち竦んだまま、どれほどの時間が経ったことだろう。

不意に、人の話し声が近づいてくるのが聞こえた。

「ヴィクトール、今宵の貴方はひときわ素敵です。きっと、招待客も皆、貴方の威光を改めて感じたことでしょう。わたくしも、隣に立てることを光栄に思いますわ」

「……君のことは、宰相のご息女としてエスコートしたに過ぎない」

「あら、ヴィクトールったら、まだそのようなことをおっしゃるの？　今後、この国を担うことを思えば、誰を選ぶべきかは自ずとお判りでしょうに、困った方ね」

「イザベル、私は……」

やがて、リゼットの視界に現れたのは、他でもないヴィクトールの姿だった。その隣では、彼の腕を取るような格好でイザベルが歩いている。

「ヴィクトール、様……」

立ち竦むリゼットの姿を認め――ヴィクトールの目が驚きに見開かれた。

「リゼット……？　どうしてここに」

「え……？」

「今夜は、君のことは招いていないはずだ。なのに、何故……」

「わたくしがお父様にお願いして、招待状を送って差し上げましたの」

驚愕するヴィクトールとは対照的に、隣のイザベルはひどく愉快そうだ。

「ヴィクトールったら、将来の側室になる方を大切な舞踏会にお招きしないなんて、随分と冷たい方でしたのね。そういうところも嫌いではありませんけれど」

「イザベル。君は、なんということを……」

「リゼットさん、そろそろきちんと身の程を弁《わきま》えなさい。ただの従属国の王女が、皇帝の正妃になれると、本気で思っているわけではないでしょう？」

ヴィクトールの言葉を遮《さえぎ》るように前へ進み出ると、イザベルは気品溢れる声音でリゼットを貫いた。

「ヴィクトールは、我がシュヴェルト帝国の未来を担うお方。貴女に、彼と並び立てるだけの気品や嗜《たしな》みがあるとは、わたくしにはどうしても思えませんの」

懐から取り出した扇で口元を隠し、イザベルはリゼットを見据える目を細めた。

あまりにも鋭い眼差《まなざ》しだった。思わず、呼吸を忘れてしまうほどに。

「けれど、ご安心なさい。側妃の座であれば許しましょう。わたくしは心の広い女ですもの、夫がどんな女にうつつを抜かしても、受け入れて差し上げますわ」

「……イザベル、口を慎め。リゼットを侮辱するような発言は許さない」

「あら、ごめんなさい。ヴィクトールを不快にさせるつもりはなかったのですけれど、この方にいつまでも勘違いさせてしまうのも困るでしょう？」

感情を押し殺すような低い声に、イザベルは臆することなく微笑みを浮かべてみせる。

そうした自信こそが、正妃に必要なものだとしたら――今のリゼットには、何もない。矜持も気品も、リゼットがこれからひとつずつ積み重ねていくはずのものを、イザベルはすべて手にして、そうして美しく微笑んでいるのだ。

なんて――なんて、残酷なのだろう。

「……それでも、わたしはヴィクトール様を愛しています！」

側室で構わない――なんて。そんなこと、もう言えない。言えるわけがない。

愛する人の隣に自分ではない女性が立っている。それだけのことで、こんなにも胸が苦しくて、心が掻き乱されるのだ。

「足りないところがあるのであれば、いくらでも努力します！　ヴィクトール様の隣に立つためであれば、どんなことでもしてみせます！　ですから……」

「ですから、何？　口だけならどうとでも言えますでしょう」

けれど、イザベルにしてみれば、そんなリゼットの想いなど一顧だに値しないものなのだろう。困ったように眉をひそめ、口元を隠した扇の向こう側で深々とため息をつく。

「お話になりませんわ。少し休むつもりでしたけれど、そのような気も失せました」

大仰に肩を竦めると、イザベルは傍らのヴィクトールを艶然《えんぜん》と見上げた。

「広間に戻りましょう、ヴィクトール。広間ではまだ、貴方に挨拶するために有力な貴族の皆様がお待ちです。皆、父の顔を立てて集まってくださったのですよ。……まさか、行かないなどと駄々を捏《こ》ねるつもりはございませんでしょう？」

「……」

イザベルの言葉に、ヴィクトールは無言のまま踵《きびす》を返し、二人でその場を後にする。

「……ヴィクトール、様……？」

リゼットのか細い呼びかけに、応えはなく。

二人の背中が見えなくなり——やがて、ほうぼうを探し回っていたメアリが見つけ出してくれるまで、リゼットは一人、人気のない廊下に立ち竦んでいたのだった。

＊＊＊

舞踏会での一件をきっかけとして、ヴィクトールがイザベルを正妃に迎えるという噂は、瞬く間に宮殿中に広がった。

「馬鹿馬鹿しい！　そんな話、ありえません！」

「ヴィクトール様には、リゼット様という心に決めた方がいらっしゃるのに！」

昼下がりの離宮には、どこか似つかわしくない騒々しさ。リゼットの私室に仕える使用人たちは、怒りも露《あら》わにそう言い合っていた。

「だいたい、ヴィクトール様もヴィクトール様ですわ！　噂を否定しないどころか、今日もイザベル様と晩餐会に出席されているのでしょう⁉」

「いったい、あの方はどうなさってしまわれたのですか？　侍女頭様からはあまり騒ぎ立てないようにと命じられていますが……私、どうしても我慢できません！」

幸いにして、離宮の使用人は誰もがリゼットの味方になってくれた。

ヴィクトールの一連の行動について、自分のことのように怒ってくれたメアリ。心が落ち着くお茶を淹れてくれた厨房の面々。リゼットの心が少しでも安らぐようにと、枕元に花の香りのサシェを置いてくれた侍女たちもいた。

温かく気遣ってくれる周囲の心遣いがありがたかった。

そのおかげで、リゼットは冷静になって考えられることができたのだ。

ヴィクトールはどうして、何も言ってくれなかったのだろう、と。

(あの方は、絶対に嘘は言わない)

決して長いとは言えない付き合いの中でも、それだけははっきりと確信できる。

では、イザベルを連れていたときのヴィクトールは、どうしてリゼットに何も言おうとしなかったのだろう。

弁明も、離別も。何も言おうとはしなかった。

都合が悪くなって黙ったのだ、とメアリは怒っていたけれど、リゼットはそうは思わない。

彼が黙っていたことにこそ、大切な意味があるように思えたのだ。

――私のことを信じてほしい。

ヴィクトールのその言葉を信じている。誰よりも信じている。

だからこそ、彼の真意を確かめなければいけない。

（……今夜、ヴィクトール様に会いに行こう）

メアリたちには言えない。いつ戻るかもわからない彼を待つなんて、心配をかけるに決まっているからだ。

リゼットは密かに決意を固め――そして、夜が訪れた。


しんと静まりかえった離宮にひとつだけ足音が響いている。

廊下を近づいてくるぼんやりとした灯り。ランプを手にした人物の姿が浮かび上がる。

「あ、ヴィクトール様。よかった、ちゃんとお会いできた」

「……リゼット？」

夜半過ぎ、リゼットは密かに、晩餐会から戻るヴィクトールを待っていた。

今日もイザベルと一緒だったのだと思うと、胸が締め付けられるように痛む。

けれど、今はそれにかまけている時間はない。

「……どうして、ここに？　いつもならもう休んでいる時間だろう」

「どうしても……ヴィクトール様とお話がしたかったのです」

リゼットは意を決した様子で彼を見上げ、口を開く。

「噂になっていることは本当なのですか？　イザベル様を正妃に迎えるというのは……」

ひとつずつ確かめようと口にする。けれど、ヴィクトールは黙したまま、何の感情も読み取れない面持ちで、リゼットを見つめている。

やがて、ヴィクトールの口からもたらされたのは、想像もしないような言葉だった。

「……リゼット。君は、クロンヌ王国に戻るように」

一瞬、なにを言われたのかわからなかった。

「あの、どういうことですか……」

震える声で問いかけても、その表情に変化はない。

「今、君をそばに置くことはできない」

「……せめて、理由を教えていただくことはできませんか？　ヴィクトール様には、何かお考えがあるのでしょう？」

リゼットがどうしてシュヴェルト帝国に来たのか、ヴィクトールは知っているはずだ。

なのに、戻れと言うのか。

それが何を意味しているのか、わからないわけではないはずなのに。

「どうしてですか、ヴィクトール様……」

「……既に馬車の準備は整えてある。出立は明日の朝だ。いいね」

震える声で問うても、ヴィクトールは硬い声で、必要最低限を告げるのみ。

彼の気持ちがわからない。何も伝わってこない。

激しく抱かれたあの日から、彼の態度はずっとおかしいまま。それでも、二人きりになれば、きっとなにかがわかるはずだ、と――そう信じていたのに。

話は終わりだとばかりに、ヴィクトールはリゼットから視線を外す。

「もう、休むように。荷物は侍女たちに命じてまとめさせよう」

「ヴィクトール様……っ」

「誰か、リゼットを部屋へ」

追い縋《すが》るリゼットを呼び付けた侍従に預けると、ヴィクトールは無言で自室へ戻った。

無慈悲に閉まる扉の音に耐え切れず、リゼットはその場に崩れ落ちる。

初めて会ったときから、ずっと、きちんと話を聞いてくれたのに。

（……どうして？）

固く閉ざされた扉は、ヴィクトールからの明確な拒絶だった。

＊　＊　＊

それからの一週間は、よく覚えていない。

馬車に乗り、ここまで来たときとは比べものにならないほど丁重な扱いで、クロンヌ王国への帰路に就いた。

心はただ凪いでいた。一言も口を利かないまま、日々だけが過ぎていく。

やがて、馬車は懐かしいクロンヌ王宮の門を潜った。

「……お義母様、お久しぶりでございます」

謁見の間に通されたリゼットは、空の玉座の脇に立つ王妃に深々と頭を下げた。

「シュヴェルト帝国との懸け橋たらんと送られた身でありながら、何ひとつ果たすことができずに戻りました。……申し訳ありません」

リゼットの口から出る言葉には感情の欠片《かけら》も篭もっていない。

ヴィクトールに拒絶されたあの夜から、リゼットの心からは喜怒哀楽のすべてが抜け落ちてしまったかのようだった。

「……元より、おまえには何も期待しておりません」

王妃がリゼットを見つめる目は、この国を出立したその日から何も変わっていない。

ただ、邪魔な羽虫を見つめるような瞳。空虚で冷たい目だ。

けれど、その視線に晒《さら》されても、今のリゼットは心が痛むこともなかった。

――この瞬間までは。

「ですが、まさかこのように最悪の時期に戻るとは。おまえの無能さには、つくづくあきれ果てる思いです」

「……どういうことですか、お義母様」

リゼットの声に、微《かす》かな熱が戻る。

義母の政治的手腕は確かなものだ。その彼女がこれだけ言うというのであれば、シュヴェルト帝国で何かが起こったとしか考えられなかった。

「南部レーゲンはわかりますか」

「はい。帝国とオラン王国の国境沿いにある土地だと記憶しております。たしか、我が国とも近かったかと」

リゼットの言葉に、王妃はどこか疲れた顔で頷く。

「あの場所はかつて、帝国が南のオラン王国との戦争を経て併合した土地です。そこで、大規模な反乱が起こりました。……皇帝不在により、政情不安な時期を狙ったのではないかと言われています」

「そんな……我が国に、影響はないのですか？」

「私が頭を痛めているのは、まさにその部分です」

南部レーゲンは、クロンヌ王国にも近い土地だ。そこで戦闘が起こったとなれば、帝国との国境の守りを固める必要があるのは間違いない。

だが――国境にあまり戦力を集結させたとなれば、帝国へ反乱の疑いありと見なされ、反乱の終息後に不利な取引や重い上納税を課せられる可能性がある。

かといって、防備を緩めれば、反乱の影響で治安の悪化が懸念される。もし、帝国が反乱の収束に失敗するようなことがあれば、戦火が及ぶことすら考えられるだろう。

「もし、おまえが帝国に滞在したままであれば、その身柄を利用し、反乱の意思がないことを示せたものを……」

「……申し訳ありません」

リゼットの命を国家の交渉材料のひとつとしか見てないその口ぶりに、リゼットはこの国にいた頃、幾度となく抱いた悲しみを思い出した。

けれど、今はその悲しみに心を支配されることはない。

（……もしかして、ヴィクトール様は、この状況を予測していたのかしら）

リゼットを帰国させたのは、この反乱から遠ざけるためなのだろうか？

今となっては確かめようがない。が、そうであればいい。

「あの、お義母様。南部レーゲンの反乱は、今、どのような状況なのですか？」

もしかしたら、ヴィクトールが鎮圧に当たっているのではないだろうか。

彼ならば、できる限りの被害を抑え、反乱を鎮めようと試みるはずだ――と。

リゼットの微かな希望を打ち砕いたのは、次に王妃の口から発せられた言葉だった。

「レーゲンの鎮圧のために向かった第一皇子のヴィクトール殿下が、戦闘中に大怪我を負ったという知らせがありました」

「え……？」

　リゼットは呆然と目を見開く。

「ヴィクトール様が……？　それは本当なのですか、お義母様！」

「ええ、もちろん。……まったく、面倒な話です」

　たまらず尋ねたリゼットに、王妃は深々とため息をつく。

「ベーレンス宰相が指揮を執り、追加の軍勢を送ったとのことですが……この戦の結果によっては、帝国の国力が弱まる可能性もあります。そうなれば、彼の国との付き合い方を考え直さねばならないでしょう」

「そんな……」

　リゼットは続く言葉を失い、その場に立ち尽くすことしかできなかった。

（ヴィクトール様……ああ、どうかご無事でいて……！）

　彼が暴漢から自分を庇《かば》った日のことが脳裏をよぎる。

　あのときは幸いにして命が助かったけれど、今回はどうなのだろうか。遠く離れた今、それを教えてくれる人は誰もいない。

　こんなことなら、いくら帰れと言われても、彼のそばを離れなければよかった。

（わたしには、何もできないの……？）

　王女としてのリゼットは、所詮、無力な籠の鳥だ。

王妃からは目の敵《かたき》にされ、祖父からは利用価値しか求められていない。

けれど、その無力さに身を浸す寸前――リゼットは思い出した。

ヴィクトールと出会ったことで、たくさんのことを知ることができた。支えてくれる人の優しさを感じることができた。

何よりも、かけがえのない愛を知ることができた。

ここで口を噤《つぐ》むわけにはいかない。

今度こそ、ただ流されるのではなく――戦うのだ。

（ヴィクトール様のように、わたしも運命に立ち向かう。それができなければ、彼の隣に立つ資格はないわ）

誰に言われるでもなく、自らの矜持がそう告げる。

「……お義母様、お願いがあります」

決意を秘めた面持ちで、リゼットは空の玉座を守る王妃を見上げた。

「どうか、ヴィクトール様を助けてくださいませんか。軍を送ることは無理かもしれませんが、物資を送るなど、なにか方法はあるはずです！」

「……愚かな。我が国がどれだけ帝国の顔色を窺《うかが》っていたのか、他でもないおまえが知らないわけではないでしょう？」

冷たく睥睨《へいげい》され、息が止まりそうになる。

「帝国の力が弱まるのであれば、それも結構。私たちが反乱の鎮圧に手を貸す道理はどこにもありません」

知らないわけがない。リゼットは他でもない、目の前の王妃の命令によって皇帝の側室たれと送り出された身だ。

「たしかに今まで、シュヴェルト帝国は脅威だったかもしれません。……ですが、ヴィクトール様は、きっとそうした状況を変えてくださいます！」

リゼットは、ヴィクトールの理想を知っている。

戦争に頼り、周囲の国々を武力によって支配するのではなく、共に手を取り合って繁栄していきたいと、確かな決意を秘めたその横顔をこの目でしっかりと見ている。

リゼットはいくつもの言葉を尽くし、王妃にそのことを伝えた。

「ヴィクトール様を助けることは、この先のクロンヌ王国にとって、間違いなく利益になるものです！　わたしは、この目でそれを確かめました！　ですから、どうか……！」

「黙っていれば好き勝手なことを……。碌《ろく》にこの国のことも知らぬ身で、よくもまあそのような世迷い事を口にできたものですね」

王妃はリゼットの訴えに耳を貸す様子もなく、きつく眦《まなじり》を吊《つ》り上げた。

「第一皇子のヴィクトールは元々、戦争に反対する穏健派だったのでしょう。そのように軟弱な姿勢が反乱を招いたのです。そのような男が抱く理想など、たかが知れたもの」

「違います！　ヴィクトール様は、自らの理想の困難さに向き合っておられた方です！」

どうか、理解してほしい。

ヴィクトールとであれば、共に国を盛り立てていくことも不可能ではない、と。

「わたしはヴィクトール様をそばで見てきました！　あの方は決して、お義母様の言うような方ではありません！　どうか、援助を……！」

「……話になりませんね」

王妃は激情を堪えたかのようなため息をついた。

「ただ目障りなだけでは飽き足らず、無能な男に誑《たぶら》かされて帰ってくるなど……おまえはどこまで私の神経を逆撫でですれば気が済むのですか？　反逆罪で首を落とされたくなければ、今すぐにその口を閉じ……」

「王妃よ、それくらいにしておけ」

静かな、けれど有無を言わさぬ声が謁見の間に響き渡る。

ゆったりと姿を現したのは、リゼットの父親であるクロンヌ国王その人だった。

「国王陛下⁉　何故、このようなところに……」

王妃は血相を変えた様子で、玉座へと歩く国王へ駆け寄っていく。

「あまり無理をされては、お体に障ります。すぐに寝室へお戻りください」

「王妃よ、心配はいらぬ。ここのところ、すこぶる調子が良いのだ。それに……」

国王は、灰色の髭を蓄えたその顔を、リゼットへと向けた。

「娘が戻ったのであれば、直に出迎えたいと思うのが親心であろう。違うか」

「お父様……」

こうして直に顔を合わせたのは、いったいいつ以来のことだろうか。

久しぶりの再会に、思わず泣きそうになってしまう。だが、すぐにはっと我に返ると、リゼットは急いで国王の元へ駆け寄った。

「お父様、どうかお願いします。ヴィクトール様を助けてください！」

先ほど王妃に説明したことを、国王にも繰り返し話す。

「リゼットよ、王妃の言うとおり、我々が援助を送ることはできぬ」

だが、国王から返ってきたのもまた、芳《かんば》しいとは言えない返答だった。

「おまえがヴィクトール殿下を高く買っているのは理解した。だが、趨勢《すうせい》が不安定な今は決断を下すべきではない」

「でも、お父様、あの方は……！」

「今はまだ、静観の時だ。我が娘よ」

緩慢に首を振る国王を目にして、リゼットは自分の主張がどうあっても受け入れられないことを理解するしかなかった。

「そなたの身柄をリアムの修道院へ送る。そこで王族としての務めについて、じっくりと考えるがよい」

リアムはリゼットの実母の生家が所有する領地であり、王宮からもっとも遠く離れた南の国境に位置する土地だ。

つまり、国王はリゼットを遠くへ追いやることを選んだということだった。

「……わかりました。ですが、今一度、ヴィクトール様に援助を送る件をご再考ください。どうか、国王陛下が賢明な判断を下されることを願っております」

深々と一礼すると、衛兵がリゼットの両脇を固めた。

これでは、まるで罪人のようだ。事実、国王の隣に立つ王妃がリゼットを見る目は、反逆者に向けるそれに違いない。

（……後悔はしていないわ。言いたいことも、言うべきこともすべて口にしたから）

心残りがあるとすれば、とうとうヴィクトールへの援助を引き出すことできなかった。ただそれだけで――。

リゼットは衛兵に連れられ、静かに謁見の間を後にするのだった。

＊　＊　＊

リアムはクロンヌ王国の中でも南東に位置する国境地帯だ。

領地の大半を鬱蒼《うっそう》とした森に覆われ、主な産業のほとんどを森に頼っている。微かに切り開かれた平野では畑作のほか、家畜の放牧が盛んに行われていた。

馬車はのどかな風景を横切るように進み――やがて、森の入り口のような場所で止まった。

外に出ると、黒々とした木々を背に、小さな石造りの修道院が建っている。

「お待ちしておりました、リゼット様」

扉の前に立っていた年かさの修道女が、小さく頭を下げた。

「何もない場所ではありますが、どうぞ我が家と思っておくつろぎください」

「ありがとうございます。わたしにできることであれば、遠慮なくお言いつけください」

深々と頭を下げて挨拶を返した後、リゼットは軽く周囲を見回す。

(随分と遠くまで来てしまったわね)

クロンヌ王宮からも、シュヴェルト帝国の宮殿からも、ひどく離れた土地だ。

耳を澄ましても、鳥の鳴き声や木々の梢が風に擦れる音が聞こえるばかり。権謀術数《けんぼうじゅっすう》の類はここには存在しないだろう。

張り詰めていた心が、望む望まざるにかかわらず、緩んでいくのを感じる。

(……わたしは、わたしのできることを。ヴィクトール様の無事を祈ることしかできないというのなら、誰よりも真摯に祈りを捧げましょう)

修道女の一人に案内され、リゼットは小さな敷地内を巡る。

薬草や野菜を育てる菜園として使われている一角に、ぼろ布で張られた天幕を見つけたのは、そのときのことだった。

「あれ、は……？」

明確な違和感のある光景だった。修道院の務めのひとつに貧民救済があるが――どうやら、そんな単純な話ではなさそうだ、と直感する。

案内の修道女が慌てて止めるのも聞かず、リゼットは天幕へと近付いていった。

中には、薄汚れた子どもや、痩せた女性が疲れ切った顔で座り込んでいる。

「あなたは……？」

ぼんやりと空を見つめる子どものそばに、リゼットは汚れるのも構わずにひざまずいた。

彼らは皆、南部レーゲンの反乱から逃げ出した難民だということだった。国境を越え、クロンヌ王国へ命からがら辿り着いたのだという。

深い森が間に横たわっているものの、南部レーゲンはリアムからそう遠くない土地だ。

「クロンヌ王国は、此度の反乱を静観すると決めておりますので、援助を求めることはできません。ここは小さな修道院ですし、助けて差し上げたくとも、できることには限りがあるのです」

修道女は悲しそうに、虚《うつ》ろな目をした子どもの頭を撫《な》でる。

修道院は自給自足を常としている。ここ、リアムの修道院であれば、修道女の六、七人が暮らすのがやっとだろう。だが、難民は少なく見積もっても十人はいる。これでは病や怪我の治療どころか、明日の食事にすら困ることは目に見えていた。

「わたし、たち……ここに、おいてください。なんでもします……」

いつの間に近づいてきたのか、小さな手が、リゼットのスカートをきゅっと摑んだ。

見上げる幼子の瞳に深い悲しみを認め、息が止まりそうになる。

「こら、だめよ。王女殿下に、失礼な……」

世話役の修道女が血相を変えたのを、リゼットは片手で制した。

「ええ、もちろんよ。もう、何も心配しなくていいの」

スカートを摑《つか》んだ幼子を抱きしめ、リゼットは声を震わせる。

彼らを助けたい。助けなければいけない。

それができなくて、どうして王家の一員だと言えるだろう。

――王族としての務めについて、じっくりと考えるがよい。

別れ際にかけられた父の言葉を胸の内で反芻《はんすう》する。

(……誰に頼らなくても、きっと、彼らを助けることはできるはず)

すっくと立ち上がったリゼットの瞳に、もはや、迷いはなかった。

「……これを」

リゼットは小指に嵌めていた百合の印章指輪を外し、修道女に手渡した。

「変色した箇所がありますが、銀で作られたものです。これを売り、彼らを助けるための足しにしてください」

ヴィクトールから貰った指輪を売ることに抵抗がなかったわけではない。

しかし、リゼットが金銭に変えられそうな装飾品は、今のところこれだけしかない。

それに、民を助けるための行動であれば、ヴィクトールはわかってくれる。そこには揺らぐことのない信頼があった。

「まあ、そんな……！　ありがとうございます、リゼット様」

「礼は必要ありません。それよりも、彼らを助けるための策を考えましょう。必要であれば、他にも私物を金銭に変えます」

リゼットはその日から、献身的な働きでシュヴェルト帝国からの難民を助けたのだった。

＊　＊　＊

物資も、金銭も不足する中、それでもリゼットは難民を救おうと駆けまわった。

難民の流入はその後も続き、最終的に、修道院には三十人ほどの人々が滞在することになった。当然、建物の中には入り切らず、リゼットは動ける難民や近くの村の働き手の力を借り、雨風を凌ぐための簡単な小屋を修道院の敷地内に建ててもらった。

農作業を手伝う代わりに藁を分けてもらうと、修道院にあったぼろ布を自ら修繕し、シーツとして使えるようにした。藁の上にシーツを敷くと、それなりに寝心地のよい寝具が出来上がる。そこに病人を寝かせると、次は彼らに与える薬を手に入れるために奔走することになった。

当然、金銭的な困窮は避けられない。リゼットはそれまで身に着けていたドレスをすべて売り払い、修道女と同じ黒いワンピースへと着替えた。

私物を手放していくことに抵抗はなかった。むしろ、自分の持ち物が少しでも役に立つのであれば、喜ばしいほどだ。

ただ——ひとつだけ。ヴィクトールと街を歩いた際に贈られた銀の櫛だけは、どうしても手放すことができなかった。

夜毎、疲れ果てた体を寝台に横たえる前に、リゼットはその銀の櫛で髪を梳きながら、彼の無事を祈る。

南部レーゲンのあたりは未だ混乱が激しく、彼の土地に近いこのリアムにすら戦況は伝わってこない。最後に修道院に逃げてきた人々の話によれば、ベーレンス宰相が派遣したと思しき大軍が到着し、反乱軍との戦闘を始めたとのことだが——果たして、大怪我を負って動けないと言われているヴィクトールはどうなったのか。

（……ヴィクトール様、どうか、ご無事で）

祈ることしかできない身ではあるが、もう、自分のことを無力だとは思っていない。

反乱が鎮圧されるその日まで帰る場所を持たない難民たちを救うこと。それが、今のリゼットがヴィクトールのためにできる唯一のことだ。

迷いはない。澄んだ心で、自分の行く先を見つめる。

それは、これまでに学んだことを、ひとつずつ実践していくような道だ――と。

リゼットには、そう感じられたのだった。

「リゼット様ー！」

その日のリゼットは、難民の子どもたちと共に修道院の菜園を手入れしていた。

一週間前に植えた野菜の芽が並ぶ土に、少しずつ水を与えていると、修道院の門の方から人影が走ってくる。他の修道女と共に近くの川へ洗濯に向かった難民の少女だった。

「どうしたの？」

立ち上がったリゼットは、微笑みながら抱きついてくる少女を受け止める。

「あのね……あのね……」

全力で走ってきたのだろう、息を切らした少女は真っ赤な頬で呼吸を整えている。心なしか、その目が輝いてみえた。

「あのね……レーゲンの戦いが、終わったって！」

「まあ……！」

確かに、ここのところリアムは静かだった。南部レーゲンの戦闘がもっとも激しかった際は、国境方面へと向かう兵士の隊列をよく見かけたが、それもぱったりと途絶えた。難民が増えることもなく、日々の生活はようやく、穏やかに回ろうとしていた。

「その話は、どなたから聞いたの？」

こうなると、気になるのはヴィクトールの安否だ。リゼットははやる気持ちを抑え、冷静に少女へそう尋ねた。

「あのね、身なりの良い軍人さんが、さっき村に来て、それで……」

リゼットの問いに、少女は身振り手振りを交えて答えてくれる。

なんでも、第一皇子のヴィクトールが率いた軍勢が、反乱軍のみならず、それに協力していた帝国軍の一部もろとも打倒したとのことだった。

「その人が、リゼット様を探してたの！　それで、大急ぎでここまで来たんだけど……」

「……ここにいたのか、リゼット」

耳に届いた声が信じられなくて、刹那、呼吸を忘れた。

門の方から、背の高い人影がゆっくりと歩いてくる。逞《たくま》しい体軀に、輝くような黄金の髪。

黒い軍服姿なのは、つい最近まで国軍の指揮を執っていたからだろうか。

ゆっくりと近づいてくるその姿が現実のものだとはどうしても信じられなくて、リゼットは何度も瞬きを繰り返す。

けれど、消えない。夢にまで見たその姿は、幻ではない——。

晴れ渡る空と同じ蒼穹の色の眼差しが、優しい光をたたえ、リゼットを見つめていた。

「ヴィクトール、様……！」

震える声で、リゼットは彼の名前を呼んだ。

「リゼット。……ようやく、君を迎えに来ることができた」

立ち竦むリゼットの前まで辿り着くと、ヴィクトールは微かな笑みを浮かべた。

「反乱の終結を以て、私は新たな皇帝に即位した。名実ともに、帝国の最高権力者の座に就いたのだ。だが……戴冠式を真っ先に済ませなければいけなかったせいで、君を迎えに来るのが遅くなってしまった」

「まあ……！　それは、おめでとうございます」

慌てて頭を下げようとしたリゼットを、ヴィクトールが制する。その顔に浮かぶのは、目元だけを和ませるような——彼の、いつもの微笑。

「君は私にひざまずく必要はない。……むしろ、その逆だ」

ヴィクトールはリゼットの前に膝を突くと、その手を取り、薬指に細い指輪を嵌《は》めた。

「どうか、私と結婚してほしい。私の正妃は君だけだ、リゼット」

薬指に嵌められた指輪を見つめ、リゼットは言葉を失ってしまう。

「ようやく、いつかの約束を果たすことができた。だが……君はもう、私に愛想を尽かしてしまっただろうか？」

「……そんなはず、ありません！」

リゼットの双眸《そうぼう》から、涙が溢れる。

承諾を示すように何度も頷くリゼットを、ヴィクトールは包み込むように抱きしめた。

「……愛している、リゼット」

「わたしも、あなたを愛しています。ヴィクトール様……！」

周囲の子どもたちがきゃあきゃあと歓声を上げる中、リゼットは、久方ぶりの力強い腕の感触に浸るのだった。

＊＊＊

ヴィクトールに連れられ、リゼットはクロンヌ王宮へと向かう馬車に乗り込んだ。

そこで語られた反乱の真相は、リゼットにとって驚くべきことだった。南部レーゲンの反乱を裏から操っていたのは、他ならぬ宰相のベーレンスだったというのだ。

宰相は自らの娘であるイザベルとヴィクトールを結婚させ、外戚として実権を握ろうとしていた。それを拒否するのであれば、あらかじめ仕組んでおいた南部の反乱を利用してヴィクトールの権力を削ぎ——場合によっては、命すら奪おうとしていたのだという。

「何を言われても、私はイザベルとの婚姻を了承しなかった。反乱の際に命を狙われることは、最初から予想できていたよ」

そのため、ヴィクトールはわざと負傷して動けなくなったように見せかけ、宰相率いる帝国軍を誘き寄せたのだという。

派遣された帝国軍はヴィクトールの命を狙っていた。ヴィクトールは負傷を隠れ蓑にその証拠を集め、その一方で、反乱を鎮圧する作戦も実行していた。

「私は反乱が起こる前に、クロンヌ王国を始めとした周囲の国々の協力を取り付けていた。彼らと連携を取ることができれば、反乱と宰相、まとめて撃退できると踏んでのことだ」

宰相の企みを打ち砕き、その権力を削ぐというのは、並大抵のことではない。

戦争を盛んに行った前皇帝の懐刀として、宰相は帝国軍からの信頼が厚く、利権によって繋がった大貴族たちも多い。対するヴィクトールの支持者は、戦争を反対する穏健派の貴族や文官たちだ。まともに戦っても勝ち目が薄いのは見えている。

だからこそ、ヴィクトールは周囲の国々に支援を要請したのだ。

クロンヌ王国を始め、シュヴェルト帝国の周囲の従属国は、代々の皇帝の治世において圧政による搾取を受けていた。

だが、ヴィクトールが指導者になった後は重い税を廃した上に、側室として奪われていた姫君を各国に返し、奪われていた期間に見合うだけの金額を支払っていた。そうした経緯もあり、協力を取り付けるのはそう難しくなかったのだという。

「君を帰国させたのは、私が反乱の鎮圧に向かった後、強硬派に狙われる可能性を考えてのことだ。……だが、君を守るためとはいえ、何も言わないまま振り回すような真似をして、すまなかった」

「いいえ。もし、あのときのわたしがヴィクトール様の計画を知っても、きっと足を引っ張ってしまったことでしょう。今、こうしてあなたがご無事なら、それで構いません」

大きな手に優しく頬を撫でられ、リゼットはうっとりと目を細めた。

――が、ふと、思い出したかのように口を開く。

「……もしかして、わたしが帰国したとき、お父様はすでに、あなたの計画をご存じだったのですか?」

「ああ。すでに君の保護については、国王陛下に了承をいただいていた。だが、反乱の鎮圧に協力するかは判断しかねると言われていた。当然だろうな」

ヴィクトールは苦笑いを浮かべる。

「どれだけ私の理想を説いたところで、今はまだ、ただの夢物語に過ぎない。君のお父上は最後までそのことを懸念していた。しかし……それを変えたのは、君の言葉だ」

「わたしが……?」

予想もしていなかった言葉に、リゼットは目を瞠《みは》る。

「私に援軍を送るように、と必死になって訴えてくれたのだろう。君の言葉をきっかけとして、悩んだ末に援軍を送ることを決めたと言っておられたよ。ひたむきに誰かを信じる娘の姿に心を動かされた、と」

「そのようなことを、お父様が……」

リゼットの両目にじわりと涙が滲む。

「……わたし、ヴィクトール様のお役に立つことができたのですね」

義母に詰《なじ》られても、父に冷静になるようにと諭されても。

それでも、ヴィクトールの理想を訴え続けたことは、決して無駄ではなかったのだ。

「ああ。君がいなければ、クロンヌ王国の協力を得ることができず、戦いが長引いていたことだろう。そうなれば、本当に負傷していたとしてもおかしくない。君は私の恩人だ」

「ヴィクトール様……んっ」

見つめ合ったかと思えば、その顔が急に近付いてきて――唇が、重なる。

「私がイザベルと行動を共にしていたのは、あくまで宰相の企みを探るためだった。だが、何も知らない君から見れば、私が心変わりしたようにしか見えなかったことだろう」

吐息が触れるような距離で囁かれる言葉は甘く、けれど切ない響きを帯びる。

「君を傷つけたことを、心から詫びる。私にできることであれば、どんなことでもしよう」

「そんな……。わたしこそ、何も知らないまま守られるばかりで……」

そう答えるリゼットに、ヴィクトールは再び口づけを落とすと、その体を抱き寄せた。

「リゼット。……こんな情けない男のことを、まだ想ってくれるか？」

広い胸、逞しい体が、今はどこか頼りない雰囲気を纏《まと》う。

それがどうしようもなく愛しくて、リゼットは彼の体へ腕を回した。

「嫌いになんて、なれるはずがありません」

ぎゅう、とヴィクトールの体を抱きしめる。

もう二度と離さない。そんな気持ちを込めるかのように。

＊　＊　＊

「この度は、貴国の協力に感謝する。おかげで強硬派の勢力を削ぎ、こうして皇帝として即位することができた」

王宮で国宝夫妻と面会したヴィクトールは、深々と頭《こうべ》を垂れ、感謝の意を示した。

「頭を上げてくだされ、ヴィクトール殿下……いや、今では皇帝陛下とお呼びすべきか。儂はただ、貴公の要請に従って国境へ進軍し、娘を手元に戻したに過ぎぬ」

「だが、国境から逃げ出した難民も保護してくださったのだろう。彼らは、我が国の大切な民だ。いずれ、相応の対価をもって感謝の意を示そう」

「難民を保護したのは儂ではなく、娘が勝手にやったこと。やってもいないことで恩を売る気はありませぬよ」

「だが……リゼットを南に向かわせたのは、それを見越してのことだろう」

「……はて、何のことやら」

国王がそう話す横で、王妃は慌てた様子を隠そうともしなかった。

「国王陛下、どうして私に何も話してくださらなかったのですか」

「帝国との融和を模索するとなれば、不確定要素の多すぎる話だと、躍起になって反対するのは目に見えていた。事実、リゼットの話にも耳を傾けようとはしなかったであろう」

「ですが、陛下がきちんと話してくださっていれば……！」

「儂が話していれば、内密にリゼットを保護した、か？」

「それは……」

王妃は思案の末、ばつの悪い表情で黙り込んだ。

「おまえの行動は、前妻との間に生まれた娘や、政敵であるアヴニール侯爵憎しというだけではない。私に代わり、必死でこの国を守ろうとしてくれただけなのだろう。それを理解しているからこそ、おまえのやり方に異を唱えることはしなかった」

だが――ヴィクトールが帝国の頂点に立った今、国の在り方そのものが変わっていく。

帝国一強ではなく、共に繁栄を目指す方向へと。

「皇帝陛下は武力ではなく、誠意をもってそれを示した。ならば、次は我らが応える番だ」

なんでも、ヴィクトールはクロンヌ王国に大口の貿易を持ちかけ、その見返りとしてリゼットの保護と国境付近の監視を依頼したのだという。

貿易品の品目は上等な毛織物による外套や絨毯が主だ。クロンヌ王国産のそれらは、品質も生産量も他国に大きく勝る産業だと、ここに来て脚光を浴びることになったのだ。

どちらも、リゼットが以前、執務室で書類を片手に話した特産品だった。

あのときのことを、ヴィクトールはずっと覚えていてくれたのだ。

「貴公らが善き交渉相手だと私に示してくれたのは、日陰に追いやられ、目をかけられることもなかった娘だと……そのことは、決して忘れないでほしい」

ヴィクトールは、静かにそう告げる。項垂《うなだ》れる王妃と、寄り添う国王へ。

「承知している。それは、私と王妃、二人の罪だ」

王妃の肩を抱き、国王は重々しく頷くと——不意に、リゼットへと視線を向けた。

「私も王妃も、おまえにとって良い親ではなかった。この国を去った後は、忘れてくれても、いっそ憎んでくれても構わん」

父からかけられた静かな言葉に、リゼットは小さく首を振った。

「いいえ、憎むようなことはいたしません。つらいこともありましたが……わたしがヴィクトール様にお会いできたのは、この国に生まれ、王女であったからです」

「そうか。……強くなったな。おまえの母も、芯の強い女だった」

「ありがとうございます。そう言っていただけて、とても嬉しいです」

リゼットは、ほころぶような笑みを浮かべた。

「お父様、お義母様。どうか、お元気で」

リゼットは今までの感謝を込めて深々と頭を下げると、父と義母に背を向ける。

そうして、二度と振り返りはしなかった。

＊　＊　＊

幾日も馬車に揺られることが、こんなにも心躍る出来事だったのは初めてだ。

今までのこと、これからのこと。

隣にいるヴィクトールと、尽きることなく話が弾《はず》む。

そうしているうちに、馬車の窓から、懐かしい白亜の宮殿が見えた。

「ああ……」

リゼットは感嘆のため息を零す。ようやく、ここに帰って来られたのだ。

「長く、本当に長く待たせてしまって、すまないと思っている」

目を潤ませるリゼットの手を取ると、ヴィクトールはその薬指に嵌る指輪へ優しく口づけを落とす。

「もう二度と、私たちの未来を誰にも阻ませはしない。私の妻は君だけなのだと広く知れ渡るよう、壮大な婚礼を行おう。幸せな花嫁として、未来永劫、民の記憶に残るように」

「お気持ちは嬉しいのですが……少し、恥ずかしいです」

リゼットは頬を染め、はにかむように微笑む。ヴィクトールはその頬を撫で、蕩《とろ》けるような笑みを浮かべてみせた。

「だが、君は私のものだと、広く喧伝する意味もあるのだよ。嫉妬深い夫を持ったのだと思い、あきらめてもらおうか」

「嫉妬深いだなんて……わたしの方が、よほどヴィクトール様のお側《そば》にいる女性に対して妬いてしまっているように感じますけれど」

「そうか？　……では、今度確かめてみようか」

「えっ……」

「冗談だ」

「もう、ヴィクトール様ったら……んっ」

リゼットが拗《す》ねるように唇を尖らせた途端、ヴィクトールの唇が重ねられた。

甘く、蕩けるような接吻を邪魔する者は誰もいない。

この先、どんな困難が待っていようとも――二人が共に在れば、何も怖いことはない。
素直にそう思えるのだから、愛というものは不思議だ。
リゼットはヴィクトールに優しく抱きすくめられながら、そんな風に思うのだった。

エピローグ

シュヴェルト帝国に戻った二人は、城下街の中心地にある石造りの大聖堂で、盛大な婚礼を挙げた。

外には、新たな皇帝とその花嫁をひと目見ようと、たくさんの人々が押しかけている。

やがて、聖堂から現れた新郎新婦を、人々は割れんばかりの歓声を上げて迎えた。

二人の門出を祝福するように、空は雲ひとつない晴天。

澄み渡った空の下、二人を祝福する鐘の音が高らかに響いていた。


ヴィクトールが周辺国家との融和という新たな方針を打ち出したことにより、宮殿の大広間で催された披露宴には、国内外から多くの使者が祝福のために訪れた。

やがて、宴もたけなわとなり――夜半過ぎ、二人はようやく離宮へと戻った。

「ああ、ようやく一日が終わりましたね」

リゼットは寝台に腰を下ろし、微かに疲労の滲む顔で笑った。

「さすがに疲れてしまいました。ヴィクトール様も、戴冠式からこっち、ずっと働き詰めだったのではないですか？　今日は、ゆっくり休んで……」

「私の一日は、まだ終わっていない」

リゼットの隣に腰を下ろすと、ヴィクトールはその細い肩を抱き寄せる。

「婚礼の締めくくりは夫婦の初夜だと決まっている。……君を手に入れることができたのだと、私に実感させてほしい」

「あ、あの……ヴィクトール様、でも」

「いけないか？」

「……いけなく、ありません」

甘く掠《かす》れた囁《ささや》き声に、リゼットが頬を染めながら頷《うなず》くと――唇が重なった。

幾度か角度を変えて触れ合った後、熱い舌が唇を割り開いて侵入する。リゼットは熱いその感触を確かめるように、慣れない仕草で己の舌を絡めた。

「今日は、随分と積極的だな」

濡《ぬ》れた声で囁かれ、頭がかっと熱くなる。

「それは、その……久しぶり、ですから……」

ヴィクトールと再会してから、二人きりになる時間こそあったものの、こうしてゆっくりと過ごすような時間は――ましてや、甘く戯《たわむ》れるようなひとときは得られなかった。

「……君も、私に触れたかったということか？」

くすりと笑まれる。耳朶にかかる吐息がくすぐったくて、リゼットは小さく体を震わせながら──ヴィクトールの体にそっともたれかかり、シャツの胸元をきゅっと摑《つか》む。

「それに……いつも、ヴィクトール様にしていただいてばかりなので……」

「健気なことだ。だが、今宵は私も君を存分に愛したい」

大きな手が、銀糸のようなリゼットの髪を梳く感触が心地よい。

「……別れてからというものの、私もずっと耐えていたのだ。君の名を呼ぶことを、君に触れることを……君に、口づけることを」

「ヴィクトールさ……、っ……！」

再び、深く口づけられる。

激しく絡み合う舌に、体が淫らな熱を帯び始めるのを感じた頃、ヴィクトールの手がリゼットの背中に回され、ドレスの留め具を外した。

純潔を意味する真っ白なドレスが引き下ろされ、レースに飾られたコルセットが現れる。

ヴィクトールの手により、きつく締められた紐が解かれると、押さえられていた白い双丘が弾《はじ》けるように露《あら》わになった。

「あ……ん……っ、ふ、ぁ……っ」

胸の膨らみを掬《すく》うように揉みしだかれると、重なる唇の端から、唾液と混じるように嬌声が零《こぼ》れる。

「……わかるか？　私の手の動きに合わせて、柔らかな胸がこんなにも形を変えて……なんて、いやらしいんだ」

「やぁ……そんなこと、言わないで……んっ」

リゼットの羞恥心《しゅうちしん》を煽るように囁いたかと思えば、ヴィクトールは胸の蕾を指できゅっと摘まむ。急に強い刺激が与えられ、リゼットの体がびくんと跳ねた。

「リゼットはここが悦《い》いんだろう？　……ほら、もう固くなってきた」

「あ……っ」

赤く染まった胸の先端を、ぴん、と指で弾かれる。

堪らず甘い吐息を漏《も》らすと、ヴィクトールは喉の奥を震わせるように笑い、

「触るだけでなく……次は、味わってみようか」

凝った先端を口に含まれ、きつく吸い上げられた。

「ああっ……ん、や、ああ……っ」

ヴィクトールの熱い舌が胸の蕾を転がし、膨らみに押し込むようにして愛撫する。そのたびにリゼットは体を震わせ、切なげな声を漏らした。

「ヴィクトール様……っ、あ……」

「……こうされるのは、気持ちいい？」

「ん……、……気持ちい……っ」

「なら、もっと愛さなければいけないな……」

じゅう、と音を立てて吸われ、体のみならず聴覚までもが犯される。

けれど、今はそれすら快感だ。蕩《とろ》けるような心地よさに浸りながら、リゼットは胸元にあるヴィクトールの頭をぎゅっと抱きしめた。

やがて、ヴィクトールの手が長いスカートを捲り上げる。

フリルとレースに覆われた豊かな布地を掻き分け、絹のストッキングを丁寧に脱がしていくと、その下から現れるのは、ドレスの白さに勝るとも劣らない素足。

きめ細やかな肌の滑らかさを味わうように、ヴィクトールの手はゆっくりと這い上がっていく。その焦《じ》れた動きすら、今はリゼットの体を昂《たかぶ》らせるための源と化していた。

「……ここは、どうだ?」

やがて、ドロワーズにたどり着いたヴィクトールが、閉じた足の内側に指を忍ばせる。

「あ……っ」

――熱い。意識させられた途端、愛蜜が秘裂を濡らすのを抑えられなくなる。

ゆっくりと指を動かされると、下着の内側からは湿った水音が聴こえた。

「ああ、いや……っ、あ……や、あ……っ」

「凄いな。布で隔てられていても、君が興奮しているのが伝わってくるようだ。……では、直に触れたらどうなるのだろう」

　ヴィクトールは舌先で胸の頂《いただき》を弄びながら、ドロワーズの内側へ指を忍ばせる。

　潤み切ったそこはやすやすと彼の侵入を受け入れた。指がぷっくりと腫れた花芯を掠《かす》める
たびに、リゼットは鈴の鳴るような声を上げてしまう。

「あ、あ……っ……、ん、あ……っ」

「もっと、君の声を聞きたい。聞かせてくれ……」

　ヴィクトールはリゼットの胸元から顔を上げると、彼女の華奢《きゃしゃ》な体を寝台へ押し倒し、ド
ロワーズを手早く脱がせた。

　柔らかな太ももを掴《つか》むと、少し強引な手つきで足を大きく開かせる。

「あ……っ、や、恥ずかし……っ」

　蜜にまみれた淫肉が、ヴィクトールの視線に晒《さら》されている。

「ああ……綺麗だ、リゼット。綺麗で……とても、いやらしい……」

　羞恥にひくついたそこに顔を近付けると、ヴィクトールは愉悦も露《あら》わにそう囁く。

「ヴィクトール様……その、あまり、見な……っ」

　リゼットが言い終えるよりも先に、ヴィクトールは花芯へ舌を這わせた。

「あっ、や……っ、舐《な》めないで……ああっ……！」

　舌先で敏感な部分を弄《まさぐ》られ、リゼットは悲鳴のような声を上げた。ふっくらとした淫肉を

ぬるりと撫でた後、ヴィクトールは震える隘路へ指を差し込む。

たっぷりと蜜を滴らせたそこは、ヴィクトールの侵入をやすやすと受け入れた。

探るように内壁を圧迫されながら、舌で花芯を愛撫される。滴る蜜ごと、音を立てて秘肉を吸われる――。

「ヴィクトール様ぁ……あ、ああっ……っ、やぁ、そこ……っ」

執拗に繰り返される愛撫は、下肢がぐずぐずに溶けてしまいそうなほどに気持ちいい。

「あ、……っ、も、だめ……っ、イく……っ！」

肉厚の舌で蕾を押し潰すように愛撫され、リゼットは快楽の極みに押し上げられた。

絶頂に達し、より敏感になった内側を、ヴィクトールは容赦なく指で犯していく。

挿入された指は、気付けば二本、三本と増えていた。溢れる蜜を掻き出すように指が抜き差しされるたび、隘路は彼を逃すまいと収縮を繰り返す。

「は、あ……っ」

――足りない。気が付けば、快楽に溶けた頭の中に、そんな言葉が浮かんでいる。

切なげに目を細め、リゼットは下肢のあたりに蹲《うずくま》るヴィクトールへと視線を向けた。

すると、気配でそれを察したのか、彼がゆっくりと顔を上げる。

「……どうした、リゼット？」

「あ……その……」

「素直に言うといい。君のためなら、どんな願いも叶《かな》えたい」

「あ……んんっ……！」

内側のいちばん感じる部分を指で圧迫するように愛撫され、リゼットは腰を揺らした。

けれど、それだけでは駄目なのだ。

(足りない……)

もっと、もっとヴィクトールを感じたい。

「ヴィクトール、様……お願いします……わたしの中、あなたで、いっぱいにして……」

「……それが君の願いとあらば、喜んで」

ヴィクトールが上体を起こす。薄い唇の端に浮かぶ愉悦。リゼットは湧き上がる期待と微かな不安に、ぞくぞくと背筋が震えるのを感じた。

シャツを脱ぎ、トラウザーズの前をくつろげる。弾けるように現れたヴィクトールの欲望は、既に熱くはちきれんばかりに滾《たぎ》っていた。

灼熱の如《ごと》き肉杭が、蜜口にぐっと押し当てられ——一息に突き立てられる。

「ああぁっ……！」

待ち望んだ刺激の、そのあまりの強さに、爛《ただ》れたような悲鳴を上げてしまう。

ゆるゆると引き抜かれたかと思えば、また深く押し入れられる。容赦のない抽挿は、しかし、リゼットの体から確実に快楽を引き出していた。

隘路をみっちりと満たす圧迫感が、彼と繋がっていることを実感させてくれる。

胎の奥からこみ上げる喜びを伝えるように、リゼットは自分に覆い被さるヴィクトールへ腕を回した。

「リゼット……ああ、リゼット……！」

快楽に掠れるヴィクトールの声は、彼もまた限界が近いことを示している。

「君の中に……っ、私を、刻ませてくれ……っ！」

「あ、あ……、ヴィクトール様……あ、ああ……っ」

ヴィクトールの動きが激しくなっていく。リゼットは息も絶え絶えになりながらも、すべてを受け入れようと、彼の体にぎゅっとしがみついた。

「リゼット……っ！」

「ああっ……あ、ああーっ！」

激しく突き上げる肉杭が、快楽の坩堝《るつぼ》と化した最奥を幾度も揺らす。

やがて、胎内に熱い飛沫が放たれるのを感じながら、リゼットもまた、再びの絶頂に達したのだった。

快楽の余韻に浸るように目を瞑《つむ》るリゼットの頭を、ヴィクトールの手が撫でる。

「これからはずっと、君が隣で眠ってくれるのだな。今さら言うのもおかしな話だが……こうして実感すると、なんというか、たまらないものがあるな」

「そんな風に言われると……わたしも、少し、恥ずかしくなってしまいます」

リゼットが寝返りを打って横を向くと、ヴィクトールが腰に手を回すように抱きしめてきた。と、柔らかな尻のあたりに、硬い感触が当たる。

「その……ヴィクトール様……？」

「おや、気付かれてしまったか」

悪戯《いたずら》がばれてしまった子どものように無邪気な声とは裏腹に、ヴィクトールの手がリゼットの下腹部へと伸びる。

「……一度だけで、足りるはずがないだろう？」

「あ……っ」

交合の余韻に濡れた蜜口を解すように、指が差し込まれる。

「まだまだ、君を愛したい。……もっと、もっと気持ちよくなってくれるだろう？」

「そんなこと、言われても……んっ」

くちり、くちりと浅い部分を緩やかに愛撫されて、リゼットは息を詰める。

「……いじわるです、ヴィクトール様」

他人に命令することに慣れた、不思議な圧のある声。

そんな声で請われたら、逆らえないのを知っていていて——それでいて、リゼットを試すように問いかけてくるなんて。
「君が可愛らしい顔を見せてくれるのなら、困らせるのも悪くない。……だろう？」
振り向いたリゼットに甘い笑みを見せると、ヴィクトールは再び唇を重ねた。
蕩けるような快感に、再び呑み込まれていく――。
（……もう、絶対に離れない）
この先、何があったとしても、二人ならきっと乗り越えられる。
リゼットはヴィクトールの温もりを全身で感じながら、強く、そう感じるのだった。

あとがき

こんにちは、香村有沙です。

このたびは本作をお手に取っていただき、ありがとうございます。

今回は『母国のため、自らを犠牲にするヒロイン』というちょっと暗めの着想から膨らませていきました。……が、リゼットが活き活きと動き回ってくれた結果、明るく優しい物語としてお届けできたのではないかと思います。

読者の皆様に、愛に彩られたひと時をお届けできていれば幸いです。

お忙しい中、イラストを担当してくださったれの子先生、ありがとうございました。初めてリゼットとヴィクトールのデザインを拝見したときの幸せは忘れられません！

また、執筆の際にご助力いただいた担当編集様をはじめ、この本に携わっていただいた皆様に御礼申し上げます。

最後に、この本を改めて読者の皆様に、改めて感謝を。

いつかまた、どこかでお目にかかれますように。

原稿大募集

ヴァニラ文庫では乙女のための官能ロマンス小説を募集しております。
優秀な作品は当社より文庫として刊行いたします。
また、将来性のある方には編集者が担当につき、個別に指導いたします。

◆募集作品

男女の性描写のあるオリジナルロマンス小説（二次創作は不可）。
商業未発表であれば、同人誌・Web 上で発表済みの作品でも応募可能です。

◆応募資格

年齢性別プロアマ問いません。

◆応募要項

・パソコンもしくはワープロ機器を使用した原稿に限ります。
・原稿は A4 判の用紙を横にして、縦書きで 40 字 ×34 行で 110 枚 ~130 枚。
・用紙の１枚目に以下の項目を記入してください。
①作品名（ふりがな）/②作家名（ふりがな）/③本名（ふりがな）/
④年齢職業 /⑤連絡先（郵便番号・住所・電話番号）/⑥メールアドレス /
⑦略歴（他紙応募歴等）/⑧サイト URL（なければ省略）
・用紙の２枚目に 800 字程度のあらすじを付けてください。
・プリントアウトした作品原稿には必ず通し番号を入れ、右上をクリップなどで綴じてください。

注意事項
・お送りいただいた原稿は返却いたしません。あらかじめご了承ください。
・応募方法は必ず印刷されたものをお送りください。CD-R などのデータのみの応募はお断りいたします。
・採用された方のみ担当者よりご連絡いたします。選考経過・審査結果についてのお問い合わせには応じられませんのでご了承ください。

◆応募先

〒100-0004　東京都千代田区大手町 1-5-1　大手町ファーストスクエアイーストタワー
株式会社ハーパーコリンズ・ジャパン　「ヴァニラ文庫作品募集」係

冷徹皇帝は押しかけ花嫁に夢中です!
～求婚は蜜愛の始まり～

Vanilla文庫

2022年1月5日　第1刷発行　定価はカバーに表示してあります

著　者　香村有沙　©ARISA KAMURA 2022
装　画　れの子
発行人　鈴木幸辰
発行所　株式会社ハーパーコリンズ・ジャパン
東京都千代田区大手町1-5-1
電話　03-6269-2883（営業）
0570-008091（読者サービス係）
印刷・製本　中央精版印刷株式会社

Printed in Japan ©K.K. HarperCollins Japan 2022 ISBN978-4-596-31688-2